Eddalieder: Altnordische Gedichte Mythologischen Und Heroischen Inhalts, Volumes 1-2

Finnur Jónsson

Altnordische texte

herausgegeben

von

E. Mogk.

II.

Eddalieder.

I.

Halle a. S.,
Verlag von Max Niemeyer.
1888.

Sæmund Sigfusson.

Eddalieder.

Altnordische gedichte mythologischen und heroischen inhalts

herausgegeben

von

Finnur Jónsson.

I.

Gedichte mythologischen inhalts.

Halle a. S.,
Verlag von Max Niemeyer.
1888.

Vorrede.

Indem das erste heftchen der altnordischen lieder, die gewöhnlich mit dem namen Sæmundar-edda genannt sind, dem publikum vorgelegt wird, finde ich nötig, es mit folgenden bemerkungen zu begleiten.

Der zweck war natürlich nicht, eine einzige handschrift herauszugeben, sondern alles, was zu einer sammlung von altnordischen götter- und heldenliedern gehört, in einer handlichen ausgabe zu geben. Daher sind solche gedichte wie Grógaldr und Fjǫlsvinnsmǫ́l hier aufgenommen. Auch die in der Snorra-Edda aufbewahrten bruchstücke von mythischen liedern wurden beigefügt. Die Hyndloljóþ und die Vǫlundarkviþa stehen an der grenze zwischen den götter- und den heldenliedern.

Die geschichte dieser lieder zu schreiben habe ich hier nicht im sinne, um so weniger, als die hierher gehörigen untersuchungen noch sehr unvollkommen sind. Was das alter dieser lieder betrifft, nehme ich aus gründen, die ich hier nicht entwickeln kann, an, dass die jahre 850—1050, um mit runden zahlen zu rechnen, ihre entstehungszeit sind. Sie sind teils in Norwegen, teils auf Island, teils auf Grönland gedichtet.

Dagegen habe ich einiges über meine textbehandlung zu bemerken.

Die handschriften, die hier in betracht kommen, sind folgende:

I. 1) Vor allen der berühmte Codex Regius, 2365 qv. der „alten königlichen sammlung“ der königl. bibliothek in Kopenhagen. Dieser codex wurde von bischof Brynjólfr Sveinsson (1605—75) im jahre 1643 entdeckt und später dem könig Friedrich III. zum geschenk gesandt. Der codex, von einer hand in der zweiten hälfte des 13. jahrhunderts geschrieben, besteht aus 45 blättern. Diese enthalten:

Vǫlospǫ́, blatt 1—3r.
Hǫ́vamǫ́l, blatt 3r—7v.
Vafþrúþnesmǫ́l, blatt 7v—8v.
Grímnesmǫ́l, blatt 8v—11r.
Skírnesfǫr, blatt 11r—12r.
Hárbarþsljóþ, blatt 12r—13v.
Hymeskviþa (cod. þor dro miðgarz orm), blatt 13v—15r.
Lokasenna, blatt 15v—17r.
Þrymskviþa 17r—18r.
Vǫlundarkviþa (cod.: fra volvndi oc niðuþi), blatt 18r—19v.
Alvíssmǫ́l, blatt 19v—20r.

Der weitere inhalt wird im zweiten hefte gegeben.

2) Der Arnamagnæanische codex 748 qv. Dieser, c. 1300 geschrieben, ist nur fragmentarisch auf uns gekommen. Ausser fragmenten der Snorra-Edda (s. Præfatio SnE. III, p. LXXI—II) enthält er von den Eddaliedern folgende:

Hárbarþsljóþ von v. 17_7, blatt 1r—1v.
Baldrs draumar, blatt 1v—2r.
Skírnesmǫ́l zu v. 28, blatt 2r—2v.
Vafþrúþnesmǫ́l von v. 20_2, blatt 3r—3v.
Grímnesmǫ́l, blatt 3v—5v.
Hymeskviþa, blatt 5v—6v.
Fra niðaði konungi (nur drei zeilen von der prosaeinleitung zur Vǫlundarkviþa), 6v.

Diese handschrift weist also eine ganz andere ordnung der gedichte auf, als der Regius; auch zum teil verschiedene lesarten finden sich darin. Selbst wenn man annnehmen könnte, dass die zwei ersten blätter ursprünglich nach den vier letzten gestanden haben, bleibt doch die ordnung der lieder verschieden.

Die gestalt der lieder in dieser handschrift ist durchgehends eine sehr gute und steht hinter der des Regius kaum zurück. An vielen stellen lässt sich der letztere durch AM 748 verbessern. Schade nur, dass so wenige trümmer von diesem codex vorhanden sind.

Damit sind wir mit den eigentlichen liederhandschriften fertig.

II. In der Snorra-Edda wird bekanntlich eine beträchtliche anzahl von strophen einzelner eddalieder, namentlich der Vǫlospǫ́, citiert. Die hier in betracht kommenden handschriften sind:

1) Codex Regius, no. 2367 qv. der „alten sammlung“ der königlichen bibliothek zu Kopenhagen. Er ist bald nach 1300 geschrieben. Ausser strophen aus einzelnen liedern in der Gylfaginning hat er den Gróttasǫngr aufbewahrt. Diese handschrift ist durchgehends eine sehr gute, hat aber, namentlich in den versen, viele fehler.

2) Codex Wormianus, no. 242 fol. der Arnamagnæanischen sammlung der universitätsbibliothek zu Kopenhagen. Diese handschrift, um 1350 geschrieben, ist sehr gut, in vielen hinsichten vielleicht der beste eddacodex. Ausser denselben bruchstücken wie der Regius (den Gróttasǫngr ausgenommen) enthält sie die Rígsþula.

3) Codex Upsaliensis, no. 11 der Delagardischen sammlung auf der Upsalaer universitätsbibliothek, ungefähr von gleichem alter wie der Regius. Diese handschrift hat besondere bedeutung dadurch, dass sie, wie Mogk (P. Br. Beitr. VI. 504 ff.) und Müllenhoff (Deutsche alt. k. V_1, 166) bewiesen haben, direct von Snorres eigenem originale stammt. Indessen steht sie den übrigen handschriften bedenklich nach in rücksicht auf die überlieferung des textes, namentlich der vísur, welche auf eine bedauernswerte weise entstellt sind. Der schreiber (wahrscheinlich ein sonst unbekannter Gunnarr) hat entweder sein original nicht zu lesen vermocht oder ist ungemein nachlässig oder einfältig gewesen.

Die übrigen handschriften der Snorra-Edda sind nur sehr fragmentarisch auf uns gekommen.

4) 5) 748 qv. der Arnamagn. sammlung (s. oben). Ausser grammatischen abhandlungen enthält die handschrift einen beträchtlichen teil der Skáldskaparmǫl. Daneben sei erwähnt das sogenannte fragm. 1eβ. der AM. sammlung aus der zweiten hälfte des 14. jahrhunderts. Dieses fragment enthält einen teil der Skáldskaparmǫl (vom Gróttasǫngr nur die erste strophe); es stimmt am meisten überein mit dem Codex Regius.

6) 7) 756 und 757 qv. der Arnamagn. sammlung, beide aus dem ende des 14. jahrhunderts und von untergeordneter bedeutung.

III. Eine der wichtigsten alten membranen ist die sogenannte Hauksbók. Diese grosse handschrift hat ihren namen von dem Isländer Haukr Erlendsson, dem berühmten lǫgmaðr in Norwegen (gest. 1334), und ist grösstenteils von ihm geschrieben. Sie ist jetzt in vier gesonderten teilen aufbewahrt:

a. AM 371 qv. enthält bruchstücke der Landnámabók und der Kristnisaga.

b. AM 544 qv. enthält stücke verschiedensten inhalts (Möbius' Verzeichnis s. 68), darunter auch die Vǫlospǫ́, nicht von der hand Hauk's geschrieben.

c. AM 675 qv. enthält den Lucidarius.

d. No. 76 in dem Antiquarischen Museum zu Reykjavík (Hit íslenzka forngripasafn), stücke geographisch-physischen, astronomischen inhalts u. dgl.[1])

Von bedeutung für uns ist nur b., das die zweite hauptrecension der Vǫlospǫ́ enthält; sie ist um das jahr 1300 geschrieben.

IV. Flateyjarbók, no. 1005 fol. der „alten sammlung“ der königl. bibliothek zu Kopenhagen. Diese voluminöse handschrift, jetzt in zwei teile geteilt, ist von zwei priestern zwischen 1370—80 geschrieben und von G. Vigfússon und C. Unger in den jahren 1860—8 herausgegeben. Sie enthält ausser verschiedenen sagas, die den hauptinhalt des codex bilden, auch einige alte gedichte, darunter die Hyndloljóþ. Dies gedicht ist nur hier aufbewahrt, was um

---

1) Vom 7. nov. 1887 an in der Arnamagn. samml., wozu dies stück urspr. gehört hat.

so mehr zu bedauern ist, da der codex ziemlich jung ist. Der text ist infolgedessen sehr verderbt und bereitet der kritik viele schwierigkeiten.

V. Was endlich die lieder Grógaldr und Fjǫlsvinnsmǫ́l betrifft, so habe ich Bugges text zu grunde gelegt. Diese lieder sind nur in späten papierhandschriften aufbewahrt. Diese sind alle gleich gut oder vielmehr gleich schlecht. Doch wird cod. AM 738 qv. für einen der besten angesehen.

Was meine behandlung des textes betrifft, so habe ich mir in erster linie die aufgabe gestellt, den text jedes liedes, sowohl nach inhalt wie nach form, zu reinigen und festzustellen, dabei jedoch den handschriften möglichst genau zu folgen. Hierin bin ich den principien des um die eddaliederkritik so verdienten K. Müllenhoff nach vermögen gefolgt.

Da es in confesso ist, dass die alten lieder, sowohl die mythischen als auch die heroischen, mehr oder minder interpoliert und auf vielfache weise verderbt und entstellt sind, so würde ein herausgeber nach meiner meinung berechtigt sein, die unechten bestandteile ganz wegzulassen und für sich als fragmente verschiedener lieder anhangsweise zu geben. So bin ich aber hier nicht verfahren. Alle nach meiner ansicht unursprünglichen strophen und strophenteile habe ich in grosse klammern [ ] eingeschlossen. Interpolationen zweiten grades, d. h. später in den unechten stücken interpolierte strophen und strophenteile habe ich in [ ], interpolationen dritten grades in ( ) gesetzt. Demnach habe ich die numerierung der strophen eingerichtet, indem die interpolationen nicht mitgezählt sind. Diese müssen am besten stets nach der Bugge'schen ausgabe citiert werden. Ich habe deshalb die Bugge'sche strophennummer beigefügt, wenn sie von meiner verschieden ist.

Meine textveränderungen kann ich hier nicht begründen. Ich hoffe, dies an einer anderen stelle zu thun. Hier will ich nur im allgemeinen mein verfahren andeuten.

In der aufnahme von textveränderungen, sowohl anderer als meiner eigenen, bin ich sehr vorsichtig gewesen, ohne dass ich doch allzu conservativ verfahren wäre. Nur wenn ich aus sprachlichen oder metrischen gründen eine veränderung aufzunehmen genötigt war, habe ich es getan, dabei aber wiederholt geprüft, ob die verbesserung die sprache, die metrik, und vor allem den inhalt befriedigte. Einige stellen der lieder sind freilich so sehr entstellt, dass sie keine verbesserung, wohl aber eine umdichtung gestatten (z. b. Alvíssmǫ́l 11 7). Solche stellen sind mit einem † bezeichnet. Eine umdichtung in irgend einem alten gedichte vorzunehmen, verwerfe ich aus principiellen gründen. Auch kann ich es nicht billigen, wenn lücken im texte vom herausgeber selbst ausgefüllt werden. Ich habe mir dies an sehr wenigen stellen erlaubt und nur dann, wenn solche ausfüllungen sich von selbst zu ergeben schienen (wie z. b. in den stereotypen strophenteilen der Rígsþula). Solche ausfüllungen sind petit gedruckt. Die sonstigen lücken habe ich mit — — — und * * * bezeichnet.

Was die äussere form, d. h. die orthographie und die metrische form betrifft, so habe ich die Müllenhoff-Hoffory'sche ausgabe der Vǫlospǫ́, die der Hǫ́vamǫ́l von E. Mogk und Sievers' Proben zum vorbilde genommen.

Was die vokale anbelangt, so habe ich den umlaut á — ǫ́ durchgeführt. Vor *lf*, *lk*, *lm*, *lp* habe ich stets kurzen vokal geschrieben; die länge gehört erst späterer zeit an. Wo ein langer vokal (z. b. in *være*) verkürzt wird, habe ich den langen mit dem kurzen vertauscht. Wo dagegen ein langer vokal unmittelbar vor einem vokal zu stehen kommt, habe ich stets langen vokal geschrieben, nicht weil ich bestreite, dass 'vocalis ante vocalem brevis' auch in der altnordischen poesie gelte, sondern weil ich meine, dass die wörter ein so fremdes aussehen erhalten würden, dass dies den lesern unnötige mühe bereiten würde. In der griechischen poesie schreibt man auch nicht ε statt η vor einem vokale.

Die (spätere) lautverbindung *já* habe ich, wo es das metrum forderte, und auch sonst sehr oft *éa* geschrieben.

Häufig wird die nicht zusammengezogene form der wörter (z. b. *blǫ́om*, *sée* u. dergl.) vom metrum gefordert, ganz wie in der skaldenpoesie. Auch sonst habe ich oft so geschrieben, namentlich am schlusse der dritten zeile der halbstrophe im *ljóþahǫttr*. Ich bin davon überzeugt, dass dies viel öfter hätte geschehen dürfen.

In den endungen der wörter habe ich stets *e* und *o* für *i* und *u* geschrieben.[1])

Eine eigentümliche stellung nimmt das negative præfix *ó* ein. Bald — und zwar am häufigsten — wird es als ein stabreimträger, also als ein fester teil des folgenden wortes gebraucht, bald wird es von dem folgenden worte getrennt, so dass nicht das *ó*, sondern der erste buchstabe des stammwortes als reimstab auftritt.[2]) Im ersten falle wäre am richtigsten, das ó und das stammwort als éin wort zu schreiben, im letzteren zwischen beide einen bindestrich zu stellen.

Noch erwähnt sei, dass ich das bragarmál, d. h. den ausstoss des *e* in *ek* und *es*, durchgeführt habe, wo das entgegengesetzte nicht vom metrum ausdrücklich gefordert wird. *Ero* wird verkürzt zu *'ró* und *'ó*. Ich habe hier stets langen vokal geschrieben, denn so finden wir es häufig in dem Stockholmer homilienbuche. (Wisén, vorrede s. XIV.)

Was die **konsonanten** betrifft, so bin ich im ganzen dem codex Regius gefolgt. Doch habe ich stets einfachen oder doppelten konsonant im stamme des wortes geschrieben, je nachdem dieser einfachen oder doppelten dem ursprunge nach hat; also *dróttenn, gunnars* u. dergl., *halda* u. s. w. Die vereinfachungstheorien durchzuführen, die Hoffory in seinen bekannten Consonantstudier niedergelegt hat, habe ich nicht gewagt. Ich bin hierin der genannten handschrift gefolgt, wodurch freilich hier und da eine inkonsequenz entstanden ist. Wo keine alte handschrift zu grunde lag, habe ich in der regel der gewöhnlichen schreibweise folgend doppelten konsonant geschrieben.

---

1) Gegen diese schreibweise hat jedoch Sievers einwand erhoben (Beiträge XII, 482—5).

2) Hierzu stimmt die sporadische schreibweise einiger alten handschriften (z. b. Cod. Reg. der Grágás), wo das neg. ó bisweilen getrennt vom folgenden worte geschrieben wird.

Was sonst die wortformen und die schreibung einzelner wörter anlangt, so bin ich den von Wimmer in der vorrede seiner Oldnordisk læsebog [2 3] und den von Sievers in der Skaldenmetrik und den Proben festgestellten regeln gefolgt. Insbesondere will ich hier bemerken, dass ich an sehr vielen stellen *heit(r)* auch in der bedeutung 'heisse' geschrieben habe. Wohl weiss ich, dass die form *heite* durch ein par runeninschriften erwiesen ist, aber dies verhindert die annahme nicht, dass dialektisch auch die form *heit(r)* existiert habe. Dazu kommt, dass die sonst metrisch schwierig zu erklärende oder verbessernde zeile *heiter Yggdrasell* (Vǫlospǫ́ B. 19 2) durch die annahme der form *heitr* sich aufs beste und leichteste den regeln fügt.

Die eddalieder sind in dreierlei versmass gedichtet: fornyrþeslag, málahǫ́ttr, ljóþahǫ́ttr. Die fornyrþeslagszeile ist ein viersilbler, die des málahǫ́tts ein fünfsilbler; jede strophe besteht aus acht solchen zeilen. Ich sage ausdrücklich acht. Dies war nämlich die antike nordische auffassung. Eine „langzeile" existierte gar nicht in dem altnordischen bewusstsein; vrgl. den kommentar zu Snorris Háttatal an vielen stellen (s. z. b. ausg. Möbius' II 1: *í hverjum fjórðungi eru tvau vísuorð*, ,in jedem viertel sind zwei verszeilen', u. s. w.); ebenso Fornmannasǫgur VII, 356—7: *Einarr svarar: þú skalt skyldr til oc hirþmenn þíner 7 út í frá, at sitt orþ mune hverr yþarr í vísonne, ok ef þat brestr, gefeþ mér jafnmarga aska hunangs, sem þér muneþ eige orþen* u. s. w. Darum ist es keineswegs zu billigen, wenn man altnordische gedichte in langzeilen schreibt oder druckt. Deshalb bin ich nicht von der althergebrachten gewohnheit abgewichen, was auch niemals geschehen sollte. [Das fornyrþeslag findet sich in Vǫlospǫ́, in einigen unechten strophen der Hǫ́vamǫ́lsammlung, Hymeskviþa, Þrymskviþa, Baldrs draumar, Rígsþula (wo sich jedoch viele metrische unregelmässigkeiten zeigen), Hyndloljóþ, Vǫlospǫ́ en skamma, Vǫlundarkviþa, Gróttasǫngr und Bruchstücke IX. — Der málahǫ́ttr findet sich nur in einzelnen unechten strophen der Hǫ́vamǫ́lsammlung (z. b. I, B. 73, B. 81—83, B. 86 zum teil, B. 89, B. 137 7-14, B. 144) und in Hárbarþsljóþ (die unechten bestandteile ausgenommen) und in Bruchstücke II.] Endlich haben wir das sechszeilige metrum, den ljóþahǫttr. Die erste zeile jedes halbverses besteht der regel nach aus drei oder vier (ausnahmsweise aus zwei) silben, die zweite aus vier, die dritte aus fünf. [In diesem metrum sind der grösste teil der Hǫvamǫlsammlung, Vafþrúþnesmǫl, Grímnesmǫl, Skírnesmǫl, Lokasenna, Alvíssmǫl, Grógaldr, Fjǫlsvinnsmǫl und die Bruchstücke ausser II und IX.]

Das verzeichnis der varianten und textveränderungen ist beigefügt, um zu zeigen, was in der ausgabe nicht mit den handschriften übereinstimmt und woher die abweichungen stammen. Sollte ich hier den einen oder anderen fehler begangen, z. b. übersehen haben, dass eine textesänderung bereits von anderen vorgeschlagen ist, so bitte ich dies nicht allzu streng zu verurteilen; die verschiedenen vorschläge sind ja in sehr vielen zeitschriften des in- und auslandes und abhandlungen verschiedenster art so zerstreut, dass man sehr leicht das eine oder andere übersehen kann. Mir fremdes eigentum anzueignen, habe ich am allerwenigsten gedacht. Wie man sofort sehen kann, war es auch nicht meine absicht, alle verbesserungsvorschläge anzuführen.

Einige erläuterungen schwieriger stellen habe ich beigefügt. Ein glossar zu geben hielt ich nicht für notwendig, nachdem H. Gerings sehr tüchtige arbeit, Glossar zu den liedern der Edda (1887), erschienen war. Die erläuterungen sollen deshalb nur dazu dienen, solche stellen zu erklären, wo der text anders als in der Hildebrand'schen ausgabe und zugleich etwas schwierig war, oder wenn ich meinte, dass eine andere auffassung geltend gemacht werden könnte.

Das namenverzeichnis habe ich so eingerichtet, dass die bedeutung aller mythologischen namen in klammern beigefügt ist, soweit ich sie verstanden zu haben glaube. Dass einige dieser namen auf verschiedene weise erklärt worden sind und auch erklärt werden können, ist selbstverständlich.

Zuletzt ist es mir eine angenehme pflicht, herrn dr. E. Mogk meinen verbindlichsten dank öffentlich auszusprechen für seine bereitwillige hülfe, die er mir gezeigt hat, indem er die deutsche fassung meines ausdrucks, wo es nötig war, verbessert und mir auch sonst vielfachen beistand geleistet hat.

Kopenhagen 1887.

Finnur Jónsson.

Vǫlospǫ́.

1. (B. 1.)[1] Hljóþs biþk allar
helgar kinder,
meire ok minne
mǫgo Heimdallar,
vill Valfaþer,
vel fram teljak
forn spjǫll fira,
þaus fremst of man.

2. (B. 2.) Ek man jǫtna
ár of borna,
þás forþom mik
fœdda hǫfþo.
nío mank heima,
nío íviþe,
mjǫtviþ mæran
fyr mold neþan.

3. (B. 3.) Ár vas alda,
þars Ymer bygþe,
vasa sandr né sær
né svalar unner;
jǫrþ fansk æva
né upphimenn;
gap vas Ginnunga,
en gras hverge.

4. (B. 4.) Áþr Bors syner
bjǫþom of ypþo,
þeir es Miþgarþ
mæran skópo.
sól skein sunnan
á salar steina:
þá vas grund gróen
grœnom lauke.

(B. 5.) [Sól varp sunnan,
sinne mána,
hende hœgre
of himenjǫþor.
sól ne visse,
hvar sale átte,
[stjǫrnor ne visso,
hvar staþe ǫ́tto,]
máne ne visse,
hvat megens átte.

(B. 6 1-4.) Gengo regen ǫll
á rǫkstóla,
ginnheilog goþ,
ok of þat gættosk.

* * *

(B. 6 5-10.) Nǫ́tt ok niþjom
nǫfn of gǫ́fo,
morgen héto
ok miþjan dag,
undorn ok aptan,
ǫ́rom at telja.]

5. (B. 7.) Hittosk æser
á Iþavelle,
þeirs hǫrg ok hof
hǫ́timbroþo.

1) Bezeichnung der strophenzahlen in der Bugge'schen ausgabe. Wo solche zahlen nicht stehen, stimmt die Bugge'sche mit unserer überein.

afla lǫgþo,
auþ smíþoþo,
tanger skópo
ok tól gerþo.

6. (B. 8.) Teflþo í túne,
teiter vǫ́ro,
— vas vetterges
vant ór golle —,
unz þríar kómo
þursa meyjar
ámátkar mjǫk
ór Jǫtonheimom.

(B. 9.) [Gengo regen ǫll
á rǫkstóla,
ginnheilog goþ,
ok of þat gættosk:
hvárt skyle dverga
drótter skepja
ór Brimes blóþe
ok Bláens leggjom.

(B. 10.) þar vas Moþsogner
mæztr of orþenn
dverga allra,
en Durenn annarr.
þeir manlíkon
mǫrg of gerþo
dverga í jǫrþo,
sem Durenn sagþe.

(B. 11.) Nýe ok Níþe,
Norþre, Suþre,
Austre, Vestre,
Alþjófr, Dvalenn,
[Nár ok Náenn,
Nípingr, Dáenn,]
Bívǫrr, Bǫ́vǫrr,
Bǫmborr, Nóre,
Ánn ok Ánarr
Áe, Moþvitner.

(B. 12.) Veigr ok Gandalfr,
Vindalfr, þorenn,
[Fíle, Kíle,
Fundenn, Nále,]
þekkr ok þráenn,
þrór, Vitr ok Litr,
Nár ok Nýráþr,
nú hefk dverga,
Regenn ok Ráþsviþr,
rétt of talþa.

(B. 13.) Fíle, Kíle,
Fundenn, Nále,
Hepte, Víle,
Hannarr, Svíorr,
[Billingr, Brune,
Bíldr ok Búre,]
Frǫ́r, Hornbore,
Frægr ok Lóne,
Aurvangr, Jare,
Eikenskjalde.

(B. 14.) Mál es dverga
í Dvalens liþe
ljóna kindom
til Lofars telja,
þeir es sótto
frá Salarsteine
Aurvanga sjǫt
til Jǫrovalla.

(B. 15.) þar vas Draupner
ok Dolgþraser,
Hǫ́r, Haugspore,

Hlévangr, Glóenn,
Skirfer, Virfer,
Skáfiþr, Áe,

(B. 16.) Alfr ok Ingve,
Eikenskjalde,
[Fjalarr ok Froste,
Fiþr ok Ginnarr,]
þat mon æ uppe,
meþan ǫld lifer,
langniþja tal
til Lofars hafat.

(B. 17.) Unz þrír kómo
ór því liþe,
ǫflger ok ástker,
æser at húse;
fundo á lande
lítt megande
Ask ok Emblo
ørlǫglausa.

(B. 18.) Ǫnd ne ǫ́tto,
óþ ne hǫfþo,
lá né læte,
né lito góþa;
ǫnd gaf Óþenn,
óþ gaf Hœner,
lá gaf Lóþorr
ok lito góþa.

(B. 19.) Ask veitk standa
heitr Yggdrasell,
hǫ́r baþmr, ausenn
hvíta aure,
— þaþan koma dǫggvar,
es í dala falla —,
stendr æ of grœnn
Urþar brunne.

(B. 20.) þaþan koma meyjar,
margs vitande,
þríar ór þeim sæ,
es und þolle stendr.
[Urþ héto eina,
aþra Verþande,
skǫ́ro á skíþe
Skuld ena þriþjo].
þær lǫg lǫgþo,
þær líf kuro
alda bǫrnom,
ørlǫg seggja.]

7. (B. 21.) þat man folkvíg
fyrst í heime,
es Gollveigo
geirom studdo,
ok í hǫll Hǫ́vars
hána brendo,
þrysvar brendo
þrysvar borna.
[opt ósjaldan,
þó hon enn lifer.]

8. (B. 22.) Heiþe héto,
hvars húsa kom,
vǫlo velspáa,
vitte ganda,
seiþ, hvars kunne,
seiþ hug leikenn.
æ vas angan
illrar brúþar.

9. (B. 23.) Gengo regen ǫll
á rǫkstóla,
ginnheilog goþ,
ok gættosk of þat,
hvárt skyldo æser
afráþ gjalda,

eþa skylde goþ ǫll
gilde eiga.

10. (B. 24.) Fleygþe Óþenn
ok í folk of skaut.
þat vas enn folkvíg
fyrst í heime;
brotenn vas borþveggr
borgar ása.
knǫ́tto vaner vígská
vǫllo sporna.

11. (B. 25.) Gengo regen ǫll
á rǫkstóla,
ginnheilog goþ,
ok gættosk of þat,
hverr hefþe lopt
læve blandet,
eþa ǽtt jǫtons
Óþs mey gefna.

12. (B. 26.) þórr einn þar vá,
þrungenn móþe:
hann sjaldan sitr,
es slíkt of fregn.
gengosk eiþar
orþ ok sœre,
mǫ́l ǫll megenleg,
es meþal fóro.

13. (B. 27.) Veit Heimdallar
hljóþ of folget
und heiþvǫnom
helgom baþme.
á sér ausask
aurgom forse,
veþe Valfǫþor.
Vitoþ enn eþa hvat?

14. (B. 28 1-6.) Ein sat úte,
þás aldenn kom
yggjongr ása,
ok í augo leit.
„Hvers fregneþ mik,
hví freisteþ mín?
— — — —
— — — —

15. (B. 28 7-14.) Alt veitk,
Óþenn,
hvar auga falt
í enom mæra
Mímes brunne.“
[drekkr mjǫþ Mímer
morgen hverjan
af veþe Valfǫþr.
Vitoþ enn eþa hvat?]

16. (B. 29.) Valþe Herfaþer
hringa ok men,
fekk spjǫll spakleg
ok spáganda.
— — — —
— — — —
sá vítt ok of vítt
of verǫld hverja.

17. (B. 30.) Sá valkyrjor
vítt of komnar,
gǫrvar at ríþa
til Goþþjóþar.
[Skuld helt skilde,
en Skǫgol ǫnnor,
Gunnr, Hildr, Gǫndol
ok Geirskǫgol.
nú 'ró talþar
nǫnnor Herjans,
gǫrvar at ríþa
grund valkyrjor.]

18. (B. 31.) Ek sá Baldre,
blóþgom tívor,

Óþens barne,
ørlǫg folgen;
stóþ of vaxenn
vǫllom hære
mær ok mjǫk fagr
misteltеinn.

19. (B. 32.) Varþ af meiþe,
es mær sýndesk,
harmflaug hættleg;
Hǫþr nam skjóta.
[Baldrs bróþer vas
of borenn snimma,
sá nam Óþens sonr
einnættr vega.

(B. 33.) Þó hann æva hendr
né hǫfoþ kembþe,
áþr á bál of bar
Baldrs andskota]
en Frigg of grét
í Fensǫlom
vǫ́ Valhallar.
Vitoþ enn eþa hvat?

20. (B. 35.) Hapt sá liggja
und Hveralunde,
lægjarns líke
Loka áþekkjan;[1])
þar sitr Sigyn,
þeyge of sínom
vere vel glýjoþ.
Vitoþ enn eþa hvat?

21. (B. 36.) Á fellr austan
of eitrdala
sǫxom ok sverþom,
Slíþr heiter sú.

(B. 37.) [Stóþ fyr norþan
á Niþavǫllom
salr ór golle
Sindra áttar,
en annarr stóþ
á Ókólne
bjórsalr jǫtons,
sás Brimer heiter.]

22. (B. 38.) Sal sá standa
sólo fjarre
Nástrǫndo á,
norþr horfa dyrr;
falla eitrdropar
inn of ljóra.
sás undenn salr
orma hryggjom.

23. (B. 39 1-6.) Sá þar vaþa
þunga strauma
menn meinsvara
ok morþvarga,
þanns annars glepr
eyrarúno,
— — — —
— — — —

24. (B. 39 7-10.)

* * *

1) Diese halbstrophe lautet in der Hauksbók ganz anders, aber unzweifelhaft weniger ursprünglich, nämlich:

(B. 34). Þá kná Vála
vígbǫnd snúa,
heldr vǫro harþgǫr
hǫpt, ór þǫrmom.

þar sýgr Níþhǫggr
náe fram gengna.
[sleit vargr vera.
Vitoþ enn eþa hvat?].

25. (B. 40.) Austr sat alden
í Járnviþe,
ok fœdde þar
Fenres kinder;
verþr af ǫllom
einna nekkverr
tungls tjúgare
í trolls hame.

26. (B. 41.) Fyllesk fjǫrve
feigra manna;
rýþr ragna sjǫt
rauþom dreyra;
svǫrt verþa sólskin,
of sumor epter
veþr ǫll válynd.
Vitoþ enn eþa hvat?

27. (B. 42.) Sat þar á hauge,
ok sló hǫrpo
gýgjar hirþer,
glaþr Eggþéer.
gól of hǫ́nom
í gaglviþe
fagrrauþr hane,
sás Fjalarr heiter.

28. (B. 43.) Gól of ǫ́som
Gollenkambe,
sá vekr haulþa
at Herfǫþor;
en annarr gól
fyr jǫrþ neþan,
sótrauþr hane
at sǫlom Heljar.

29. (B. 44.) *Geyr nú Garmr mjǫk*
fyr Gnipahelle;
festr mon slitna,
en freke renna.
fjǫl veitk frœþa,
fram sék lengra
of ragna rǫk,
rǫmm sigtíva.

30. (B. 45.) Brœþr mono berjask
ok at bǫnom verþask,
mono systrongar
sifjom spilla;
hart 's í heime
hórdómr mikell;
[skeggjǫld, skalmǫld,
skilder klofner,
vindǫld, vargǫld,
áþr verǫld steypesk.
[grunder gjalla,
gífr fljúgande.]]
mon enge maþr
ǫþrom þyrma.

31. (B. 46.) Leika Míms syner,
en mjǫtoþr kyndesk
at eno gamla
Gjallarhorne.
hǫ́tt blæss Heimdallr,
horn 's á lopte,
mæler Óþenn
viþ Míms hǫfoþ.

32. (B. 47.) Skelfr Yggdrasels
askr standande,
ymr aldet tré,
en jǫtonn losnar;

hræþask aller
á helvegom,
áþr Surtar þann
seve of gleyper.

(B. 48.) [Hvat 's meþ ǫ́som?
hvat 's meþ ǫlfom?
gnýr allr Jǫtonheimr,
æser 'ó á þinge;
stynja dvergar
fyr steindurom,
veggbergs víser.
Vitoþ enn eþa hvat?]

33. (B. 49.) *Geyr nú Garmr mjǫk
fyr Gnipahelle;
festr mon slitna,
en freke renna.
fjǫl veitk frœþa,
fram sék lengra
of ragna rǫk,
rǫmm sigtíva.*

34. (B. 50.) Hrymr ekr austan,
hefsk lind fyrer.
Snýsk jǫrmongandr
í jǫtonmóþe.
ormr knýr unner,
en are hlakkar,
slítr náe niþfǫlr;
Naglfar losnar.

35. (B. 51.) Kjóll ferr norþan,
koma mono Heljar
of lǫg lýþer,
en Loke stýrer;
fara fíflmeger
meþ freka aller,
þeim es bróþer
Býleists í fǫr.

36. (B. 52.) Surtr ferr sunnan
meþ sviga læve,
skínn af sverþe
sól valtíva.
Grjótbjǫrg gnata,
en gífr rata;
troþa haler helveg,
en himenn klofnar.

37. (B. 53.) Þá kemr Hlínar
harmr annarr fram,
es Óþenn ferr
viþ ulf vega,
en bane Belja
bjartr at Surte;
þá mon Friggjar
falla angan.

(B. 55.) [Kømr enn mikle
mǫgr Sigfǫþor
Víþarr vega
at valdýre;
lætr mege Hveþrongs
mund of standa
hjǫr til hjarta;
þá 's hefnt fǫþor.]

38. (B. 56 1-4.) Kemr enn mære
mǫgr Hlǫþynjar,
* * *
gengr Óþens sonr
orme mœta.

39. (B. 56 5-12.) Drepr af móþe
Miþgarþs véorr,
— mono haler aller
heimstǫþ ryþja —;

gengr fet nío
Fjǫrgynjar burr
neppr frá naþre,
níþs ókvíþenn.

40. (B. 57.) Sól tér sortna,
sígr fold í mar,
hverfa af himne
heiþar stjǫrnor;
geisar eime
ok aldrnare,
leikr hór hite
viþ himen sjalfan.

41. (B. 58.) *Geyr nú Garmr mjǫk*
fyr Gnipahelle;
festr mon slitna,
en freke renna.
fjǫl veitk frœþa,
fram sék lengra
of ragna rǫk,
rǫmm sigtíva.

42. (B. 59.) Sér upp koma
ǫþro sinne
jǫrþ ór æge
iþjagrœna,
falla forsar,
flýgr ǫrn yfer,
sás á fjalle
fiska veiþer.

43. (B. 60.) Finnask æser
á Iþavelle,
ok of moldþinor
mótkan dœma,
ok minnask þar
á megendóma,
ok Fimboltýs
fornar rúnar.

44. (B. 61. 62 1-4.) Þar mono epter
undrsamlegar
gollnar tǫflor
í grase finnask.
[Þærs í árdaga
áttar hǫfþo.]
mono ósáner
akrar vaxa,
bǫls mon batna,
mon Baldr koma.

45. (H 62 5-8. 63.) Búa Hǫþr ok Baldr
Hropts sigtopter;
[vel valtívar.
vitoþ enn eþa hvat?]
þá kná Hœner
hlautviþ kjósa,
ok burer byggva
brœþra Tveggja
vindheim víþan.
Vitoþ enn eþa hvat?

46. (B. 64.) Sal sér standa
sólo fegra,
golle þakþan,
á Gimlée;
þar skolo dyggvar
drótter byggva,
ok of aldrdaga
ynþes njóta.

47. (B. 65.) Kemr enn ríke
at regendóme
ǫflogr ofan,
sás ǫllo ræþr.
* * *

48. (B. 66.) Kemr enn dimme
dreke fljúgande

naþr fránn neþan
frá Niþafjǫllom,
berr í fjǫþrom
— flýgr vǫll yfer —
Níþhǫggr náe;
nú mon hann sekkvask.

Hǫ́vamǫ́l.

I.
Die eigentlichen Hǫ́vamǫ́l.

1. Gátter allar,
áþr gange fram,
[of skoþask skyle,]
of skygnask skyle.
óvíst es,
hvar óviner sitja
á flete fyrer.

2. Gefendr heiler,
gestr 's inn komenn,
hvar skal sitja sjá?
mjǫk es bráþr,
sás á brǫndom skal
síns of freista frama.

3. Elds es þǫrf,
þeims inn es komenn
ok á knée kalenn.
matar ok váþa
es manne þǫrf,
þeims hefr of fjall faret.

4. Vats es þǫrf,
þeims til verþar kemr,
þerro ok þjóþlaþar,
góþs of œþes,
ef sér geta mætte,
orþs ok endrþǫgo.

5. Vits es þǫrf,
þeims víþa ratar,
dælt es heima hvat.
at augabragþe
verþr sás ekke kann
ok meþ snotrom sitr.

6. At hyggjande
skylet hrœsenn vesa,
heldr gætenn at geþe.
þás horskr ok þǫgoll
kemr heimesgarþa,
sjaldan verþr víte vǫrom.
[óbrigþra vin
fær aldrege,
an manvit miket.]

7. Enn vare gestr,
es til verþar kemr,
þunno hljóþe þeger,
eyrom hlýþer,
en augom skoþar,
svá nýsesk fróþr fyrer.

(B. 8.) [Hinn es sæll,
es sér of getr
lof ok líknstafe.
ódælla 's viþ þat,
es eiga skal
annars brjóstom í.

(B. 9.) Sá es sæll,
es sjalfr of á
lof ok vit, meþan lifer.
þvít ill rǫ́þ
hefr opt þeget
annars brjóstom ór.]

8. (B. 10.) Byrþe betre
berrat brauto at,
an sé manvit miket.
auþe betra
þykker þat í ókunnom staþ.
slíkt es válaþs vesa.

9. (B. 11.) Byrþe betre
berrat brauto at,
an sé manvit miket.
vegnest verra
vegrat velle at,
an sé ofdrykkja ǫls.

10. (B. 12.) Esa svá gótt,
sem gótt kveþa,
ǫl alda sonom.
færa veit,
es fleira drekkr,
síns til geþs gume.

11. (B. 13.) Óminnes hegre,
es of ǫlþrom þrumer,
hann stelr geþe guma.
þess fogls fjǫþrom
ek fjǫtraþr vas
í garþe Gunnlaþar.

12. (B. 14.) Ǫlr ek varþ,
varþ ofrǫlve,
at ens fróþa Fjalars.
því 's ǫlþr bazt,
at aptr of heimter
hverr sítt geþ gume.

(B. 15.) [þagalt ok hugalt
skyle þjóþans barn
ok vígdjarft vesa.
glaþr ok reifr
skyle gumna hverr,
unz sínn bíþr bana.

(B. 16.) Ósnjallr maþr
hyggsk mono ey lifa,
ef viþ víg varask.
en elle gefr
hǫ́nom enge friþ,
þótt hǫ́nom geirar gefe.]

13. (B. 17.) Kóper afglape,
es til kynnes kemr,
þylsk hann umb eþa
þrumer.
alt es senn,
ef sylg of getr,
uppe 's þá geþ guma.

(B. 18.) [Sá einn veit,
es víþa ratar
ok hefr fjǫlþ of faret,
hverjo geþe
stýrer gumna hverr,
sás vitande 's vits.]

14. (B. 19.) Haldet á kere,
drekke þó at hófe mjǫþ,
mæle þarft eþa þege.
ókynnes þess
vár þik enge maþr,
at ganger snemma at sofa.

15. (B. 20.) Grǫ́þogr halr,
nema geþs vite,
etr sér aldrtrega.

opt fær hlœges,
es meþ horskom kemr,
manne heimskom mage.

16. (B. 21.) Hjarþer vito,
nær heim skolo,
ok ganga þá af grase.
en ósviþr maþr
kann ævage
síns of mál maga.

(B. 22.) [Vesall maþr
ok illa skape
hlær at hvívetna.
hitke veit,
es vita þyrpte,
at esa vamma vanr.]

17. (B. 23.) Osviþr maþr
vaker of allar nætr
ok hyggr at vetna hví.
þá es móþr,
es at morne kemr;
alt es víl, sem vas.

18. (B. 24.) Ósnotr maþr
hyggr sér alla vesa
viþhlæjendr vine.
hitke fiþr,
þótt of hann fár lese,
ef meþ snotrom sitr.

19. (B. 25.) Ósnotr maþr
hyggr sér alla vesa
viþhlæjendr vine.
þá þat fiþr,
es at þinge kemr,
at á formælendr fáa.

20. (B. 26.) Ósnotr maþr
þykkesk alt vita,
ef á sér í vǫ vero.
hitke veit,
hvat skal viþ kveþa,
ef hans freista firar.

21. (B. 27.) Ósnotr maþr,
es meþ alder kemr,
þat es bazt, at þege.
enge veit,
at ekke kann,
nema mæle til mart.
[veita maþr,
hinns vetke veit,
þótt hann mæle til mart.

(B. 28.) Fróþr þykkesk,
sás fregna kann
ok segja et sama.
eyvito leyna
mego ýta syner
því, es gengr of guma.]

22. (B. 29.) Œrna mæler,
sás æva þeger,
staþlauso stafe.
hraþmælt tunga,
nema haldendr eige,
opt sér ógótt of gelr.

23. (B. 30.) At augabragþe
skalat annan hafa,
þótt til kynnes kome.
margr fróþr þykkesk,
ef fregenn esat,
ok náe þurrfjallr þruma.

24. (B. 31.) Fróþr þykkesk,
sás flótta tekr,
hæþenn gestr at gest.
veita gǫrla,
sás of verþe glisser,
þótt meþ grǫmom glame.

25. (B. 32.) Gumnar marger
erosk gagnholler,
en at virþe vrekask.
aldar róg
þat mon æ vesa,
órer gestr viþ gest.

26. (B. 33.) Árlega verþar
skylet opt fáa,
nema til kynnes kome.
sitr ok snóper,
lætr sem solgenn sé
ok kann fregna at fǫ́o.

27. (B. 34.) Afhvarf miket
es til ills vinar,
þótt á brauto búe.
til góþs vinar
liggja gagnveger,
þótt sé firr of farenn.

28. (B. 35.) Ganga skal,
skala gestr vesa
ey í einom staþ.
ljúfr verþr leiþr,
ef lenge sitr
annars fletjom á.

29. (B. 36.) Bú es betra,
an biþja sé,
halr es heima hverr.
þótt tvær geitr
eige ok taugreptan sal,
þat 's þó betra an bœn.

30. (B. 37.) Bú es betra,
an biþja sé,
halr es heima hverr.
blóþogt 's hjarta,
þeims biþja skal
sér í mál hvert matar.

(B. 38.) [Vǫ́pnom sínom
skala velle á
fete ganga framarr.
óvíst 's at vita,
nær verþr á vegom úte
geirs of þǫrf guma.]

31. (B. 39.) Fanka mildan
eþa svá matar góþan,
at været þiggja þeget,
eþa síns féar
svâge gleggvan,
at leiþ sé laun, ef þæge.

32. (B. 40.) Féar síns,
es fenget hefr,
skylet þǫrf þola.
opt sparer leiþom,
þats hefr ljúfom hugat;
mart gengr verr an varer.

33. (B. 41.) Vǫ́pnom ok vǫ́þom
skolo viner gleþjask;
þat 's á sjǫlfom sýnst.
viþrgefendr
erosk viner lengst,
ef þat bíþr at verþa vel.

(B. 42.) [Vin sínom
skal maþr vinr vesa,
ok gjalda gjǫf viþ gjǫf.
hlátr viþ hlátre
skyle hǫlþar taka,
en lausong viþ lyge.]

34. (B. 43.) Vin sínom
skal maþr vinr vesa,
þeim ok þess vin.
en óvinar síns
skyle enge maþr
vinar vinr vesa.

35. (B. 44.) Veizt, ef vin átt,
þanns vel trúer,
vill af hǫnom gótt geta.
geþe skalt viþ þann
ok gjǫfom skipta,
fara at finna opt.

36. (B. 45.) Ef átt annan,
þanns illa trúer,
vill af hǫnom þó gótt geta,
fagrt skalt mæla,
en flátt hyggja,
ok gjalda lausong viþ lyge.

(B. 46.) [Þat 's enn of þann,
es illa trúer,
ok þér es grunr at hans geþe,
hlæja skalt viþ þeim
ok of hug mæla.
glík skolo gjǫld gjǫfom.]

37. (B. 47.) Ungr vask forþom,
fórk einn saman,
þá varþk villr vega.
auþegr þóttomk,
es annan fank.
maþr es manns gaman.

(B. 48.) [Milder frœkner
menn bazt lifa,
sjaldan sút ala.
ósnjallr maþr
ugger hotvetna
sýter æ gløggr viþ gjǫfom.

(B. 49.) Váþer mínar
gafk velle at
tveimr trémǫnnom.
rekkar þóttosk,
es rift hǫfþo.
neiss es nøkkveþr halr.]

38. (B. 50.) Hrørnar þǫll,
sús stendr þorpe á,
hlýrat bǫrkr né barr.
svá es maþr,
sás mange ann,
hvat skal hann lenge lifa?

39. (B. 51.) Elde heitare
brenn meþ illom vinom
friþr fimm daga,
en þá sloknar,
es enn sétte kemr,
ok versnar allr vinskapr.

40. (B. 52.) Miket eitt
skala manne gefa.
opt kauper sér í lítlo lof.
meþ hǫlfom hleif
ok hǫllo kere
fekk ek mér félaga.

41. (B. 57.) Brandr af brande
brenn, unz brunnenn es,
fune kveykesk af funa.
maþr manne
verþr af mále kuþr,
en til dœlskr af dul.

42. (B. 53.) Lítella sanda,
lítella sæva;
lítel ero geþ guma.
aller menn
urþot jafnspaker.
halb es ǫld hvar.

43. (B. 54.) Meþalsnotr
skyle manna hverr,
æva til snotr sée.
þeim es fyrþa
fegrst at lifa,
es vel mart vito.

44. (B. 55.) Meþalsnotr
skyle manna hverr,
æva til snotr sée.
snotrs manns hjarta
verþr sjaldan glatt,
ef sá 's alsnotr, es á.

45. (B. 56.) Meþalsnotr
skyle manna hverr,
æva til snotr sée.
ørlǫg sín
vite enge fyrer,
þeim es sorgalausastr
seve.

46. (B. 58.) Ár skal rísa,
sás annars vill
fé eþa fjǫr hafa.
liggjande ulfr
lær of getrat,
né sofande maþr sigr.

47. (B. 59.) Ár skal rísa,
sás á yrkjendr fáa,
ok ganga verka á vit.
mart of dvelr,
þanns of morgen sefr,
halfr es auþr und hvǫtom.

48. (B. 60.) þurra skíþa
ok þakenna næfra,
þess kann maþr mjǫt,
þess viþar,
es vinnask mege
mál ok missere.

49. (B. 61.) þvegenn ok mettr
ríþe þinge at,
þótt sét væddr til vel.
skúa ok bróka
skammesk enge maþr,
né hests in heldr,
[þótt hann hafet góþan.]

50. (B. 62.) Snaper ok gnaper,
es til sævar kemr,
ǫrn á aldenn mar.
svá es maþr,
es meþ mǫrgom kemr
ok á formælendr fáa.

(B. 63.) [Fregna ok segja
skal fróþra hverr,
sás vill heitenn horskr.
einn vita,
ne annarr skal;
þjóþ veit, ef þrír 'ró.

* * *

(B. 65.) orþa þeira,
es ǫþrom seger,
opt hann gjǫld of getr.]

51. (B. 64.) Ríke sítt
skyle ráþsnotra
hverr í hófe hafa.
þá þat fiþr,
es meþ frœknom kemr,
at enge es einna hvatastr.

(B. 66.) [Mikelsti snemma
komk í marga staþe,
en til síþ í suma.
ǫl vas drukket,
sumt vas ólagat;
sjaldan hitter leiþr í líþ.

(B. 67.) Hér ok hvar
myndomk heim of boþet,
ef þyrptak at mǿlongemat,
eþa tvau lær
henge at ens tryggva vinar,
þars ek hafþa eitt etet.]

52. (B. 68.) Eldr es baztr
meþ ýta sonom
ok sólar sýn,
heilynde sítt,
ef hafa náer,
ok án lǫst at lifa.

53. (B. 69.) Esat alls vesall,
þótt sé illa heill;
sumr es af sonom sæll,
sumr af frændom,
sumr af fé œrno,
sumr af verkom vel.

54. (B. 70.) Betra 's lifþom,
an sé ólifþom;
ey getr kvikr kú.
eld sák brenna
auþgom manne fyrer,
úte vas dauþr fyr durom.

55. (B. 71.) Haltr ríþr hrosse,
hjǫrþ rekr handar vanr,
daufr vegr ok duger.
blindr es betre,
an brendr of sé;
nýtr mange nás.

56. (B. 72.) Sonr es betre,
þótt sé síþ of alenn,
ept gengenn guma.
bautarsteinar
standat brauto nær,
nema reise niþr at niþ.

(B. 73.) [Tveir 'ró eins
herjar,
tunga 's hǫfoþs bane,
esomk í heþen hvern
handar væne.

(B. 74, 1-3.) Nǫ́tt verþr
fegenn,
sás neste trúerat;
skammar 'ró skips rár.

* * *

(B. 74, 4-7.) hverb 's haust-
gríma.
fjǫlþ of viþrer
á fimm dǫgom,
en meir á mánaþe.

(B. 75.) Veita hinn,
es vætke veit,
margr verþr af aurom ape.
maþr es auþogr,
annarr óauþogr,
skylet þann vítka vár.]

57. (B. 76.) Deyr fé,
deyja frændr,
deyr sjalfr et sama.
en orþstírr
deyr aldrege,
hveims sér góþan getr.

58. (B. 77.) Deyr fé,
deyja frændr,
deyr sjalfr et sama.
ek veit einn,
at aldre deyr,
dómr of dauþan hvern.

[(B. 78.) Fullar grindr
sák fyr Fitjongs sonom,
nú bera þeir vánarvǫl.
svá es auþr,
sem augabragþ,
hann es valtastr vina.

(B. 79.) Osnotr maþr,
ef eignask getr,
fé eþa fljóþs munoþ,
metnaþr hǫ́nom þróask,
en manvit aldre;
fram gengr drjúgt í dul.

(B. 80.) Þat 's þá reynt,
es at rúnom spyrr
enom regenkunnom,
þeims gørþo ginnregen,
ok fáþe fimbolþulr,
þá hefr hann bezt, ef þeger.

(B. 81.) At kvelde skal dag
leyfa,
kono, es brend es,
mæke, es reyndr es,
mey, es gefen es,
ís, es yfer kemr,
ǫl, es drukket es.

(B. 82.) Í vinde skal viþ
hǫggva,
veþre á sjó róa,
myrkre viþ man spjalla,
mǫrg ero dags augo.
á skip skal skriþar orka,
en á skjǫld til hlífar,
mæke til hǫggs,
en mey til kossa.

(B. 83.) Viþ eld skal ǫl
drekka,
en á íse skríþa,
magran mar kaupa,
en mæke saurgan,
heima hest feita,
en hund á búe.]

II.

Verschmähte liebe.

1. (B. 84.) Meyjar orþom
skyle mange trúa,
né því 's kveþr kona.
á hverfanda hvéle
vǫro þeim hjǫrto skǫpoþ,
brigþ í brjóst of lageþ.

(B. 85.) [Brestanda boga,
brennanda loga,
gínanda ulfe,
galande krǫ́ko,
rýtanda svíne,
rótlausom viþe,
vaxanda váge,
vellanda katle,
(B. 86.) fljúganda fleine,
fallande bǫ́ro,
íse einnættom,
orme hringlegnom,
brúþar beþmǫ́lom,
eþa brotno sverþe,
bjarnar leike,
eþa barne konongs,

(B. 87.) sjúkom kalfe,
sjalfráþa þræle,
vǫlo vilmæle,
val nýfeldom.

(B. 88.) Akre ársǫ́nom
trúe enge maþr,
né til snemma syne.
veþr ræþr akre,
en vit syne.
hætt 's þeira hvárt.

(B. 89.) Bróþorbana sínom,
þótt á brauto mœte,
húse halfbrunno,
heste alskjótom,
[— þá 's jór ónýtr,
ef einn fótr brotnar —.]
verþet svá tryggr,
at þesso trúe ǫllo.

(B. 90.) Svá 's friþr kvenna,
þeiras flátt hyggja,
sem ake jó óbryddom
á íse hǫ́lom,
[teitom, tvévetrom,
ok sé tamr illa,]
eþa í byr óþom
beite stjórnlauso,
eþa skyle haltr henda
hrein í þáfjalle.

2. (B. 91.) Bert ek nú mæle,
þvít bæþe veitk,
brigþr 's karla hugr
konom.
þá fegrst mælom,
es flást hyggjom.
þat tæler horska huge.

(B. 92.) [Fagrt skal mæla
ok fé bjóþa,
sás vill fljóþs ást fá,
líke leyfa
ens ljósa mans;
sá fær, es fríar.]

3. (B. 93.) Ástar firna
skyle enge maþr
annan aldrege.
opt fá á horskan,
es á heimskan ne fá,
lostfagrer liter.

(B. 94.) [Eyvitar firna,
es annan skal
þess 's of margan gengr
guma.
heimska ór horskom
gerer hǫlþa sono
sá enn mátke munr.

(B. 95.) Hugr einn þat veit,
es býr hjarta nær.
einn 's hann sér of seva.
øng 's sótt verre
hveim snotrom manne,
an sér øngo at una.]

4. (B. 96.) Þat þá reyndak,
es í reyre satk,
ok vættak míns munar.
hold ok hjarta
vǫromk en horska mær.
þeyge hana at heldr hefk.

5. (B. 97.) Billings mey
ek fann beþjom á
sólhvíta sofa.
jarls ynþe
þóttomk ekke vesa,
nema viþ þat lík at lifa.

6. (B. 98.) „Auk nær apne
skalt Óþenn koma,
ef vill þér mæla man.
alt ero óskǫp,
nema ein vitem,
slíkan lǫst saman.“

7. (B. 99.) Aptr ek hvarf
ok unna þóttomk
vísom vilja frá.
hitt ek hugþa,
at hafa myndak
geþ hennar alt ok gaman.

8. (B. 100.) Svá komk næst,
at en nýta vas
vígdrótt ǫll of vaken.
brennǫndom ljósom
ok bornom viþe,
svá vǫromk vílstígr of
vitaþr.

9. (B. 101.) Auk nær morne,
es vask enn of komenn,
þá vas saldrótt of sofen.
grey eitt þá fank
ennar góþo kono
bundet beþjom á.

10. (B. 102.) Mǫrg 's góþ mær,
ef gǫrva kannar,
hugbrigþ viþ hale.
þá þat reyndak,
es et ráþspaka
teygþak á flærþer fljóþ.
[hǫ́þongar hverrar
leitaþe mér et horska man•
ok hafþak þess vætke víss.]

III.

Die gewinnung des skaldenmethes.

1. (B. 103.) Heima glaþr
ok viþ geste reifr,
sviþr skal of sik vesa.
[minnegr ok mǫ́logr,
ef vill margfróþr vesa,
opt skal góþs geta.]
fimbolfambe
heitr sás fátt kann segja.
þat es ósnotrs aþal.

2. (B. 104.) Aldenn jǫton sóttak,
nú 'mk aptr of komenn.
fátt gatk þegjande þar.
mǫrgom orþom
mæltak í mínn frama
í Suttongs sǫlom.

3. (B. 105.) Gunnlǫþ gǫ́fomk
gollnom stóle á
drykk ens dýra mjaþar.
ill iþgjǫld
létk hana epter hafa
síns ens heila hugar.
[síns ens svára seva.]

4. (B. 106.) Rata munn
létomk rúms of fá,
ok of grjót gnaga.
yfer ok under
stóþomk jǫtna veger.
svá hættak hǫfþe til.

5. (B. 107.) Vel keypts hlutar
hefk vel noteþ,
fás es fróþom vant.
Óþrerer
es nú upp komenn
á alda vé jaþars.

(B. 108.) [Ife esomk á,
at værak enn komenn
jǫtno gǫrþom ór,

ef Gunnlaþar né nytak,
ennar góþo kono,
þeirars lǫgþomk arm yfer.]

6. (B. 109.) Ens hindra dags
gengo hrímþursar
[Hǫ́va ráþs at fregna]
Hǫ́va hǫllo í,
at Bǫlverke spurþo,
ef vere meþ bǫndom
komenn,
eþa hefþe hǫ́nom Suttongr
of sóet.

7. (B. 110.) Baugeiþ Óþenn
hykk at unnet hafe.
hvat skal hans trygþom
trúa?
Suttong svikenn
hann lét sumble frá,
ok grætta Gunnlǫþo.

IV.

Odins rathschläge an Loddfáfner.

1. (B. 111.) Mál 's at þylja
þular stóle á.
Urþarbrunne at
sák ok þagþak,
sák ok hugþak,
hlýddak á manna mál.
[of rúnar heyrþak dœma,
ne of rǫ́þom þǫgþo
Hǫ́va hǫllo at,
Hǫ́va hǫllo í
heyrþak segja svá.]

2. (B. 112.) Rǫ́þomk þér Lodd-
fáfner,
en þú rǫ́þ nemer.
[njóta mont ef nemr]
þér mono góþ, ef getr:
nǫ́tt þú rísat,
nema á njósn séer
eþa leiter innan út staþar.

3. (B. 116.) Rǫ́þomk þér Lodd-
fáfner,
en þú rǫ́þ nemer.
[njóta mont ef nemr]
þér mono góþ ef getr:
á fjalle eþa firþe
ef þik fara tíþer,
fásk at virþe vel.

4. (B. 113.) Rǫ́þomk þér Lodd-
fáfner
en þú rǫ́þ nemer.
[njóta mont ef nemr]
þér mono góþ, ef getr:
fjǫlkunnegre kono
skalatt í faþme sofa,
svát hon lyke þik liþom.

(B. 114.) [Hón svá gører,
at gáer eige
þings né þjóþans máls.
mat þú villat,
né manskes gaman,
ferr þú sorgafullr at sofa.]

5. (B. 115.) Rǫ́þomk þér Lodd-
fáfner,
en þú rǫ́þ nemer.
[njóta mont ef nemr]
þér mono góþ, ef getr:

annars kono
teyg þér aldrege
eyrarúno at.

6. (B. 117.) Rǫ́þomk þér Loddfáfner,
en þú rǫ́þ nemer.
[njóta mont ef nemr]
þér mono góþ, ef getr:
illan mann
lát aldrege
óhǫpp at þér vita.
[af illom manne
fær þú aldrege
gjǫld ens góþa hugar.

(B. 118.) Ofarla bíta
sák einom hal
orþ illrar kono.
flǫ́rǫ́þ tunga
varþ hǫ́nom at fjǫrlage,
ok þeyge of sanna sǫk.]

7. (B. 119.) Rǫ́þomk þér Loddfáfner,
en þú rǫ́þ nemer.
[njóta mont ef nemr]
þér mono góþ, ef getr:
veizt, ef vin átt,
þanns vel trúer,
far at finna opt.
[hríse vex
ok hǫ́vo grase
vegr, es vætke trøþr.]

8. (B. 121.) Rǫ́þomk þér Loddfáfner,
en þú rǫ́þ nemer.
[njóta mont ef nemr]
þér mono góþ, ef getr:
vin þínom
ves þú aldrege
fyrre at flaumslitom.
[sorg etr hjarta,
ef segja ne náer
einhverjom allan hug.]

9. (B. 120.) Rǫ́þomk þér Loddfáfner,
en þú rǫ́þ nemer.
[njóta mont ef nemr]
þér mono góþ, ef getr:
góþan mann
teyg þér at gamanrúnom;
nem líknargaldr, meþan lifer.

10. (B. 122.) Rǫ́þomk þér Loddfáfner,
en þú rǫ́þ nemer.
[njóta mont ef nemr]
þér mono góþ, ef getr:
orþom skipta
skalt aldrege
viþ ósvinna apa.

(B. 123.) [Af illom manne
mont aldrege
góþs laun of geta,
en góþr maþr
mon þik gørva mega
líknfastan at lofe.

(B. 124.) Sifjom 's blandet,
hverr 's segja ræþr
einom allan hug.
alt 's betra,
an sé brigþom vesa.
esa sá vinr, es vilt eitt seger.]

11. (B. 125.) Rǫþomk þér Loddfáfner,
en þú rǫþ nemer.
[njóta mont ef nemr]
þér mono góþ, ef getr:
þrimr orþom
sennat þér viþ verra mann.
opt enn betre bilar.
[þás enn verre vegr.]

12. (B. 126.) Rǫþomk þér Loddfáfner,
en þú rǫþ nemer.
[njóta mont ef nemr.]
þér mono góþ ef getr:
skósmiþr verer
né skeptesmiþr,
nema sjǫlfom þér séer.
[skór 's skapaþr illa,
eþa skapt sé rangt,
þá 's þér bǫls beþet.]

13. (B. 127.) Rǫþomk þér Loddfáfner,
en þú rǫþ nemer.
[njóta mont ef nemr]
þér mono góþ, ef getr:
hvars bǫl kant
kveþ þér bǫlve at.
gefat þínom fjǫndom friþ.

14. (B. 128.) Rǫþomk þér Loddfáfner,
en þú rǫþ nemer.
[njóta mont ef nemr]
þér mono góþ, ef getr:
illo fegenn
verþ aldrege.
lát þér at góþo getet.

15. (B. 129.) Rǫþomk þér Loddfáfner,
en þú rǫþ nemer.
[njóta mont ef nemr.]
þér mono góþ, ef getr:
upp líta
skalatt í orrosto,
[gjalte glíker
verþa gumna syner]
síþr þitt of heille haler.

(B. 130.) [[Rǫþomk þér Loddfáfner,
en þú rǫþ nemer.
(njóta mont ef nemr)
þér mono góþ, ef getr:]
ef vilt góþa kono
kveþja at gamanrúnom,
ok fá fǫgnoþ af,
fǫgro skaldu heita
ok láta fast vesa.
leiþesk mange gótt, ef getr.]

16. (B. 131.) Rǫþomk þér Loddfáfner,
en þú rǫþ nemer,
[njóta mont ef nemr.]
þér mono góþ, ef getr:
varan biþk þik vesa,
ok eige ofvaran.
ves þú viþ ǫl varastr.
[ok viþ annars kono,
ok viþ þat et þriþja,
at þjófar né leike.]

17. (B. 132.) Rǫþomk þér Loddfáfner,
en þú rǫþ nemer.
[njóta mont ef nemr.]
þér mono góþ, ef getr:

at háþe né hlátre
haf þú aldrege
gest né ganganda.

(B. 133.) [Opt vito ógørla,
þeirs sitja inne fyrer,
hvers þeir 'ró kyns, es koma.
esat svá góþr,
at galle né fylge,
né svá illr, at einoge duge.]

18. (B. 134.) Ráþomk þér Loddfáfner,
en þú ráþ nemer.
[njóta mont ef nemr.]
þér mono góþ, ef getr:
at hǫrom þul
hlæ þú aldrege.
opt 's gótt, þats gamler kveþa.
[opt ór skǫrpom belg
skilen orþ koma
þeims hanger meþ hám.
[ok skoller meþ skrám
ok váfer meþ vílmǫgom.]

(B. 135.) [Ráþomk þér Loddfáfner,
en þú ráþ nemer.
[njóta mont ef nemr.]
þér mono góþ, ef getr:
gest ne geyja
né á grind hreker.
get þú váloþom vel.

(B. 136.) Ramt 's þat tré,
es ríþa skal
ǫllom at upploke.
baug þú gef,
ella þat biþja mon
þér læs hvers á liþo.

(B. 137.) Ráþomk þér Loddfáfner,
en þú ráþ nemer.
[njóta mont ef nemr.]
þér mono góþ, ef getr:
hvars ǫl drekker,
kjós þér jarþar megen:
[jǫrþ tekr viþ ǫlþre,
eldr viþ sóttom,
eik viþ abbende,
ax viþ fjǫlkynge,
hǫll viþ hýróge,
heiptom skal mána kveþja
(beite viþ bitsóttom,
en viþ bǫlve rúnar)]
fold skal viþ flóþe taka.]

V.

Die runen.

1. (B. 138.) Veitk at hekk
vingameiþe á
nætr allar nío,
geire undaþr,
ok gefenn Óþne,
sjalfr sjǫlfom mér.
[á þeim meiþe,
es mange veit,
hvers af rótom renn.]

2. (B. 139.) Viþ hleife seldomk,
né viþ hornege.

nýstak niþr,
namk upp rúnar,
œpande nam,
fellk aptr þaþan.

(B. 140.) [Fimbolljóþ nío
namk af frægjom syne
Bǫlþorns, Bestlo fǫþor.
ok ek drykk of gat
ens dýra mjaþar
ausenn Óþrere.]

3. (B. 141.) Þá namk frævask
ok fróþr vesa,
vaxa ok vel hafask.
orþ mér af orþe
orþs leitaþe,
verk mér af verke verks.

---

4. (B. 142.) Rúnar mont finna
ok ráþna stafe,
mjǫk stóra stafe,
[mjǫk stinna stafe,]
es fáþe fimbolþulr,
ok gerþo ginnregen,
ok reist hroptr rǫgna.

5. (B. 143.) Óþenn meþ ǫ́som,
en fyr ǫlfom Dáenn,
Dvalenn dvergom fyrer.
Ǫ́sviþr
jǫtnom fyrer.
ek reist sjalfr sumar.

---

6. (B. 144.) Veizt, hvé rísta
skal?
veizt, hvé ráþa skal?
veizt, hvé fáa skal?
veizt, hvé freista skal?
veizt, hvé biþja skal?
veizt, hvé blóta skal?
veizt, hvé senda skal?
veizt, hvé sóa skal?

---

7. (B. 145.) Betra 's óbeþet,
an sé ofblótet.
ey sér til gildes gjǫf.
betra 's ósent,
an sé ofsóet.
— — — — — —.
[Svá þundr of reist
fyr þjóþa rǫk,
þars upp of reis,
es aptr of kom.]

VI.

Odins zauberlieder.

1. (B. 146.) Ljóþ þau kank,
es kannat þjóþans kona
ok manskes mǫgr.
Hjalp heitr eitt,
þat þér hjalpa mon
viþ sorgom ok sǫkom.
[ok sútom gǫrvǫllom.]

2. (B. 147.) Þat kank annat,
es þurfo ýta syner,
þeirs vilja læknar lifa.
* * *

3. (B. 148.) Þat kank þriþja,
ef verþomk þǫrf mikel
hapts viþ mína heiptmǫgo:

eggjar deyfek
mínna andskota,
bítat þeim vǫ́pn né veler.

4. (B. 149.) Þat kank fjórþa,
ef mér fyrþar bera
bǫnd at boglimom:
svá ek gel,
at ganga mák,
sprettr mér af fótom
fjǫtorr.
[en af hǫndom hapt.]

5. (B. 150.) Þat kank fimta,
ef sék af fáre skotenn
flein í folke vaþa:
flýgra svá stint,
at stǫþvegak,
ef hann sjónom of sék.

6. (B. 151.) Þat kank sétta,
ef mik sœrer þegn
hrótom hrás viþar:
þann hal,
es mik heipta kveþr,
þann eta mein heldr an
mik.

7. (B. 152.) Þat kank sjaunda,
ef sék hǫ́van loga
sal of sessmǫgom:
brennrat svá breitt,
at hǫ́nom bjargegak.
þann kank galdr at gala.

8. (B. 153.) Þat kank átta,
es ǫllom es
nytsamlekt at nema:
hvars hatr vex
meþ hildings sonom,
þat mák bœta brátt.

9. (B. 154.) Þat kank níunda,
ef nauþr of stǫndomk,
at bjarga fare á flote:
vind ek kyrre
váge á,
ok svæfek allan sæ.

10. (B. 155.) Þat kank tíunda,
ef sék túnriþor
leika lopte á:
ek svá vink,
at þær villar fara
sínna heim hama.
[sínna heim huga.]

11. (B. 156.) Þat kank ellipta,
ef skalk til orrosto
leiþa langvine:
und rander gelk,
en þeir meþ ríke fara.
[heiler hildar til,
heiler hilde frá]
koma þeir heiler hvaþan.

12. (B. 157.) Þat kank tolpta,
ef sék á tré uppe
váfa virgelná:
svá ek ríst
ok í rúnom fák,
at sá gengr gume.
[ok mæler viþ mik.]

13. (B. 158.) Þat kank þrett-
ánda,
ef skalk þegn ungan
verpa vatne á:
monat hann falla,
þótt í folk kome.
hnígra sá halr fyr hjǫrom

14. (B. 159.) Þat kank fjogor-
tánda,
ef skalk fyrþa liþe
telja tíva fyrer:
ása ok alfa
ek kann allra skil;
fár kann ósnotr svá.

15. (B. 160.) Þat kank fimtánda,
es gól Þjóþrerer
dvergr fyr Dellings
durom:
afl gól ǫ́som,
en ǫlfom frama,
hyggjo Hroptatý.

16. (B. 161.) Þat kank sextánda,
ef vilk ens svinna mans
hafa geþ alt ok gaman:
huge hverfek
hvítarmre kono,
ok snýk hennar ǫllom
seva.

17. (B. 162 1-3.) Þat kank seytj-
ánda,
* * *
[at mik seint mon firrask
et manunga man.

(B. 162 4-9.) [Ljóþa þessa
mont, Loddfáfner,
lenge vanr vesa.
þó sé þér góþ, ef getr,
nýt, ef nemr,
þǫrf, ef þú þiggr.]]

18. (B. 163.) Þat kank átjánda,
es æva kenneg
mey né manns kono,
[alt 's betra,
es einn of kann;
þat fylger ljóþa lokom.]
nema einne,
es mik arme verr,
eþa mín syster sée.

VII.

Der schluss der ganzen sammlung I—VI.

(B. 164.) Nú 'ró Hǫ́va mǫ́l
kveþen [Hǫ́va] hǫllo í,
allþǫrf ýta sonom.
[óþǫrf jǫtna sonom.]
heill, sás kvaþ,
heill, sás kann,
[njóte, sás nam]
heiler, þeirs hlýddo.

Vafþrúþnesmǫl.

Oþenn kvaþ:
1. Ráþ mér Frigg,
alls fara tíþomk
at vitja Vafþrúþnes.
forvitne mikla
kveþk mér á fornom
stǫfom
viþ enn alsvinna jǫton.

Frigg kvaþ:
2. Heima letja
mundak Herjafǫþr
í gǫrþom goþa.
enge jǫton
hugþak jafnramman,
sem Vafþrúþne vesa.

Óþenn kvaþ:
3. Fjǫlþ ek fór,
fjǫlþ freistaþak,
fjǫlþ of reyndak regen.
hitt vilk vita,
hvé Vafþrúþnes
salakynne sée.

Frigg kvaþ:
4. Heill þú farer,
heill aptr komer,
heill á sinnom séer.
œþe þér duge,
hvar's skalt Aldafǫþr
orþom mæla jǫton.

5. Fór þá Óþenn,
at freista orþspeke
ens alsvinna jǫtons.
at hǫllo kom
ok átte Hýms faþer,
inn gekk Yggr þegar.

Oþenn kvaþ:
6. Heill Vafþrúþner,
nú 'mk í hǫll komenn
á þik sjalfan séa.
vilk fyrst vita,
ef fróþr séer,
eþa alsviþr, jǫtonn.

Vafþrúþner kvaþ:
7. Hvat 's manna,
es í mínom sal
verpomk orþe á?
út né komer
órom hǫllom frá,
nema enn snotrare séer.

Óþenn kvaþ:
8. Gangráþr heitk,
nú 'mk af gǫngo komenn
þyrstr til þínna sala.
laþar þurfe
— hefk lenge faret —
ok þínna andfanga,
jǫtonn.

Vafþrúþner kvaþ:
9. Hví þú, Gangráþr,
mælesk af golfe fyrer?
far í sess í sal.
þá skal freista,
hvárr fleira vite
gestr eþa enn gamle þulr.

Oþenn kvaþ:

10. Óauþegr maþr,
es til auþegs kemr,
mæle þarft eþa þege.
ofrmælge
hykk illa gete
hveims viþ kaldrifjaþan
kemr.

Vafþrúþner kvaþ:

11. Seg mér, Gangráþr,
alls á golfe vill
þíns of freista frama:
hvé hestr heitr,
sás hverjan dregr
dag of dróttmǫgo?

Óþenn kvaþ:

12. Skinfaxe heitr,
es enn skíra dregr
dag of dróttmǫgo.
hesta baztr
þykker meþ Hreiþgotom;
ey lýser mǫn af mare.

Vafþrúþner kvaþ:

13. Seg þat, Gangráþr,
alls á golfe vill
þíns of freista frama:
hvé jór heitr,
sás austan dregr
nǫ́tt of nýt regen?

Óþenn kvaþ:

14. Hrímfaxe heitr,
es hverja dregr
nǫ́tt of nýt regen.
méldropa
feller morgen hverjan,
þaþan kemr dǫgg of dala.

Vafþrúþner kvaþ:

15. Seg þat, Gangráþr,
alls á golfe vill
þíns of freista frama:
hvé ǫ́ heitr,
es deiler meþ jǫtna sonom
grund ok meþ goþom?

Óþenn kvaþ:

16. Ifing heitr ǫ́,
es deiler meþ jǫtna sonom
grund ok meþ goþom.
open renna
skal of aldrdaga.
verþrat íss á ǫ́.

Vafþrúþner kvaþ:

17. Seg þat, Gangráþr,
alls á golfe vill
þíns of freista frama:
hvé vǫllr heitr,
es finnask víge at
Surtr ok en svǫ́so goþ?

Óþenn kvaþ:

18. Vígríþr heitr,
es finnask víge at
Surtr ok en svǫ́so goþ.
hundraþ rasta
hann 's á hverjan veg.
sás þeim vǫllr vitaþr.

Vafþrúþner kvaþ:

19. Fróþr est nú, gestr,
far á bekk jǫtons,
mælomk í sesse saman.
hǫfþe veþja
vit skolom hǫllo í,
gestr, of geþspeke.

Óþenn kvaþ:

20. Seg þat eina,
ef þítt œþe duger,
ok, Vafþrúþner, viter:
hvaþan jǫrþ of kom
eþa upphimenn
fyrst, enn fróþe jǫtonn?

Vafþrúþner kvaþ:

21. Ór Ymes holde
vas jǫrþ of skǫpoþ,
en ór beinom bjǫrg.
himenn ór hause
ens hrímkalda jǫtons,
en ór sveita sær.

Óþenn kvaþ:

22. Seg þat annat,
ef þítt œþe duger,
ok, Vafþrúþner, viter:
hvaþan máne of kom,
svát ferr menn yfer,
eþa sól et sama?

Vafþrúþner kvaþ:

23. Mundelfare heitr,
hann 's Mána faþer
ok svá Sólar et sama.
himen hverfa
skolo hverjan dag
ǫldom at ártale.

Óþenn kvaþ:

24. Seg þat þriþja,
alls þik svinnan kveþa,
ok, Vafþrúþner, viter:
hvaþan dagr of kom,
svát ferr drótt yfer,
eþa nótt meþ niþom?

Vafþrúþner kvaþ:

25. Dellingr heitr,
hann 's Dags faþer.
Nótt vas Nǫrve boren.
ný ok niþ
skópo nýt regen
ǫldom at ártale.

Óþenn kvaþ:

26. Seg þat fjórþa,
alls þik fróþan kveþa,
ok, Vafþrúþner, viter:
hvaþan vetr of kom
eþa varmt sumar
fyrst meþ fróþ regen?

Vafþrúþner kvaþ:

27. Vindsvalr heitr,
hann 's Vetrar faþer,
en Svǫ́soþr Sumars.

* * *

Óþenn kvaþ:

28. Seg þat fimta,
alls þik fróþan kveþa,
ok, Vafþrúþner, viter:
hverr ása elztr
eþa Ymes niþja
yrþe í árdaga?

Vafþrúþner kvaþ:

29. Ørófe vetra,
áþr vere jǫrþ skǫpoþ,
þá vas Bergelmer borenn.
Þrúþgelmer
vas þess faþer,
en Aurgelmer afe.

Óþenn kvaþ:

30. Seg þat sétta,
alls þik svinnan kveþa,
ok, Vafþrúþner, viter:

hvaþan Aurgelmer
kom meþ jǫtna sonom
fyrst? enn fróþe jǫtonn.

Vafþrúþner kvaþ:

31. Ór Élevǫ́gom
stukko eitrdropar,
svá óx, unz varþ ór jǫtonn.
órar átter
koma þar allar saman.
því 's þat æ allt til atalt.

Óþenn kvaþ:

32. Seg þat sjaunda,
alls þik svinnan kveþa,
ok, Vafþrúþner, viter:
hvé bǫrn gat
enn baldne jǫtonn,
es hafþet gýgjar gaman?

Vafþrúþner kvaþ:

33. Und hende vaxa
kóþo hrímþurse
mey ok mǫg saman.
fótr viþ fœte
gat ens fróþa jǫtons
sexhǫfþaþan son.

Óþenn kvaþ:

34. Seg þat átta,
alls þik fróþan kveþa,
ok, Vafþrúþner, viter:
hvat fyrst mant,
eþa fremst of veizt?
þú 'st alsviþr jǫtonn.

Vafþrúþner kvaþ:

35. Ørófe vetra,
áþr vere jǫrþ of skǫpoþ,
þá vas Bergelmer borenn.
þat fyrst of mank,
es enn fróþe jǫtonn
á vas lúþr of lageþr.

Óþenn kvaþ:

36. Seg þat níunda,
alls þik svinnan kveþa,
ok, Vafþrúþner, viter:
hvaþan vindr of kemr,
svát ferr vág yfer?
æ hann sjalfan of séa.

Vafþrúþner kvaþ:

37. Hræsvelgr heitr,
es sitr á himens enda
jǫtonn í arnarham.
af hans vængjom
kveþa vind koma
alla menn yfer.

Óþenn kvaþ:

38. Seg þat tíunda,
alls tíva rǫk
ǫll Vafþrúþner viter:
hvaþan Njǫrþr of kom
meþ niþjom ása,
[hofom ok hǫrgom
hann ræþr hundmǫrgom]
varþat hann ǫ́som alenn?

Vafþrúþner kvaþ:

39. Í Vanaheime
skópo hann vís regen
ok seldo at gíslingo goþom.
í aldar rǫk
hann mon aptr koma
heim meþ vísom vǫnom.

Óþenn kvaþ:

40. Seg þat ellipta,
hvar ýtar túnom í
hǫggvask hverjan dag,

val þeir kjósa
ok ríþa víge frá,
sitja meir of sátter saman?

Vafþrúþner kvaþ:

41. Aller einherjar
Óþens túnom í
hǫggvask hverjan dag.
val þeir kjósa
ok ríþa víge frá,
sitja meir of sátter saman.

Óþenn kvaþ:

42. Seg þat tolpta,
hví tíva rǫk
ǫll, Vafþrúþner, viter?
frá jǫtna rúnom
ok allra goþa
þú et sannasta seger,
[enn alsvinne jǫtonn.]

Vafþrúþner kvaþ:

43. Frá jǫtna rúnom
ok allra goþa
ek kann segja satt.
[þvít hvern hefk
heim of komet]
nío komk heima
fyr niflhel neþan.
hineg deyja [ór heljo]
haler.

Óþenn kvaþ:

44. Fjǫlþ ek fór,
fjǫlþ freistaþak,
fjǫlþ of reyndak regen.
hvat lifer manna,
es enn mæra líþr
fimbolvetr meþ firom?

Vafþrúþner kvaþ:

45. Líf ok Lífþraser,
en þau leynask mono
í holte Hoddmimes.
morgendǫggvar
sér at mat hafa.
þaþan af alder alask.

Óþenn kvaþ:

46. Fjǫlþ ek fór,
fjǫlþ freistaþak,
fjǫlþ of reyndak regen.
hvaþan kemr sól
á enn slétta himen,
es þessa hefr fenrer faret?

Vafþrúþner kvaþ:

47. Eina dóttor
berr alfrǫþoll,
áþr hana fenrer fare,
sú skal ríþa,
þás regen deyja,
móþor brauter mær.

Óþenn kvaþ:

48. Fjǫlþ ek fór,
fjǫlþ freistaþak,
fjǫlþ of reyndak regen.
hverjar 'ó meyjar
es líþa mar yfer,
fróþgeþjaþar fara?

Vafþrúþner kvaþ:

49. Þríar þjóþer
falla þorp yfer
meyja Mǫgþrases,
hamingjor einar,
þærs í heime ero,
þó þær meþ jǫtnom alask.

Óþenn kvaþ:

50. Fjǫlþ ek fór,
fjǫlþ freistaþak,
fjǫlþ of reyndak regen.
hverer æser
ráþa eignom goþa,
es sloknar Surta loge?

Vafþrúþner kvaþ:

51. Víþarr ok Vále
byggva vé goþa,
es sloknar Surta loge.
Móþe ok Magne
skolo Mjǫllne hafa
Vingnes at vígþrote.

Óþenn kvaþ:

52. Fjǫlþ ek fór,
fjǫlþ freistaþak,
fjǫlþ of reyndak regen.
hvat verþr Óþne
at aldrlage,
þás rjúfask regen?

Vafþrúþner kvaþ:

53. Ulfr gleypa
mon Aldafǫþr,
þess mon Víþarr vreka.
kalda kjapta
hann klyfja mon
vitnes víge at.

Óþenn kvaþ:

54. Fjǫlþ ek fór,
fjǫlþ freistaþak,
fjǫlþ of reyndak regen.
hvat mælte Óþenn,
áþr á bál stige,
sjalfr í eyra syne?

Vafþrúþner kvaþ:

55. Ey manne veit,
hvat í árdaga
sagþer í eyra syne.
feigom munne
mæltak forna stafe
ok of ragnarǫk.
[Nú viþ Óþenn
deildak orþspeke.
þú 'st æ vísastr vera.]

Grímnesmǫ́l.

Hrauþungr konungr átte tvá sono. Hét annarr Agnarr, en annarr Geirrøþr. Agnarr var tío vetra, en Geirrøþr átta vetra. þeir rero tveir á báte meþ dorgar sínar at smáfiske. Vindr rak þá í haf út. Í náttmyrkre bruto þeir viþ land ok gengo upp, fundo kotbónda einn. þar vǫ́ro þeir um vetrenn. Kerling fóstraþe Agnar, en karl fóstraþe Geirrøþ ok kende hǫ́nom ráþ. At váre fekk karl þeim skip. En er þau kerling leiddo þá til strandar, þá mælte karl einmæle viþ Geirrøþ. þeir fengo byr ok kómo til stǫþva fǫþor síns.

Geirrøþr var fram í skipe. Hann hljóp upp á land, en hratt út skipeno ok mælte: „farþu þar er smyl hafe þik.“ Skipet rak í haf út. En Geirrøþr gekk upp til bœjar. Hǫnom var þar vel fagnat, en faþer hans var þá andaþr. Var þá Geirrøþr til konungs tekenn ok varþ ágætr maþr.

Óþenn ok Frigg sáto í Hliþskjálfo ok sá um heima alla. Óþenn mælte: „sér þú Agnar fóstra þinn, hvar hann elr bǫrn viþ gýge í hellenom, en Geirrøþr fóstre minn er konungr ok sitr nú at lande?“ Frigg seger: „hann er matníþingr sá, at hann kvelr geste sína, ef hǫnom þykkja ofmarger koma.“ Óþenn seger, at þetta er en mesta lyge. Þau veþja um þetta mál. Frigg sende eskesmey sína Fullo til Geirrøþar. Hon baþ konung varaz, at eige fyre gerþe hǫnom fjǫlkunnegr maþr, sá er þar var komenn í land, ok sagþe þat mark á, at enge hundr var svá ólmr, at á hann munde hlaupa. En þat var enn meste hégóme, at Geirrøþr konungr være eige matgóþr. Ok þó lætr hann handtaka þann mann, er eige vildo hundar á ráþa. Sá var í felde blám ok nefndez Grímner ok sagþe ekke fleira frá sér, þótt hann være at spurþr. Konungr lét hann pína til sagna ok setja mille elda tveggja, ok sat hann þar átta nætr. Geirrøþr konungr átte son tío vetra gamlan, ok hét Agnarr epter bróþur hans. Agnarr gekk at Grímne ok gaf hǫnom horn fult at drekka, sagþe, at faþer hans gørþe illa, er hann pínde þenna mann saklausan. Grímner drakk af. Þá var eldrenn svá komenn, at feldrenn brann af Grímne. Hann kvaþ:

1. (B. 1.) Heitr est hripoþr
ok heldr til mikell,
gǫngomk firr fune.
loþe sviþnar,
þótt á lopt berak,
brennomk feldr fyrer.

(B. 2.) [Átta nætr satk
mille elda hér,
svát mér mange
mat ne bauþ,
nema einn Agnarr,
es einn skal ráþa,
Geirrøþar sonr
Gotna lande.]

2. (B. 3.) Heill skalt, Agnarr,
alls heilan biþr
þik Veratýr vesa.
eins drykkjar
skalt aldrege
betre gjǫld geta.

3. (B. 4.) Land 's heilakt,
es liggja sék
ǫ́som ok ǫlfom nær.
[en í Þrúþheime
skal Þórr vesa,
unz of rjúfask regen.

(B. 5.) Ýdaler heita,
þars Ullr of hefr
sér of gørva sale.
Alfheim Frey
gǫ́fo í árdaga
tívar at tannfée.

(B. 6.) Bœr 's enn þriþe,
es blíþ regen
silfre þǫkþo sale.
Valaskjǫlf heitr,
es vélte sér
ǫ́ss í árdaga.]

4. (B. 7.) Søkkvabekkr heitr,
en þar svalar knego
unner glymja yfer.
Óþenn ok Sága
drekka þar of alla daga
glǫþ ór gollnom kerom.

5. (B. 8.) Glaþsheimr heitr,
þars en gollbjarta
Valhǫll víþ of þrumer,
en þar Hroptr
kýss hverjan dag
vápndauþa vera.

6. (B. 9.) Mjǫk 's auþkent,
þeims Óþens koma
salkynne at séa:
skǫptom 's rann rept,
skjǫldom salr þakeþr,
brynjom of bekke stráat.

7. (B. 10.) Mjǫk 's auþkent,
þeims Óþens koma
salkynne at séa:
vargr hanger
fyr vestan dyrr,
ok drúper ǫrn yfer.

(B. 11.) [Þrymheimr heitr
[enn sétte],
es Þjaze bjó
enn ámǫ́tke jǫtonn.
en nú Skaþe byggver,
skír brúþr goþa,
fornar topter fǫþor.

(B. 12.) Breiþablik ero [1]) [en
sjaundo],
en þar Baldr of hefr
sér of gørva sale,
á því lande,
es liggja veitk
fæsta feiknstafe.

(B. 13.) Himenbjǫrg ero [1]) [en ǫ́tto],
en þar Heimdall firar
kveþa valda véom.
þar vǫrþr goþa
drekkr í væro ranne
glaþr enn góþa mjǫþ.

(B. 14.) Folkvangr es [1]) [enn
níunde],
en þar Frigg of ræþr
sessa kostom í sal.
halfan val
hǫ́n kýss hverjan dag,
halfan Óþenn á.

---

1) *Urspr.* heita *resp.* heitr.

(B. 15.) Glitner es[1]) [enn tíunde],
hann 's golle studdr,
ok silfre þakþr et sama.
en þar Forsete
byggver flestan dag,
ok svæfer allar sakar.

(B. 16.) Nóatún ero[1]) [en ellipto],
en þar Njǫrþr of hefr
sér of gørva sale.
manna þengell
enn meinsvane
hǫ́timbroþom hǫrge ræþr.

(B. 17.) Hríse vex
ok hǫ́ grase
Víþars land Viþe.
en þar mǫgr of læzk
af mars bake
frœkn at hefna fǫþor.]

8. (B. 18.) Andhrímner
lætr í Eldhrímne
Sæhrímne soþenn,
fleska bazt;
en þat fáer vito,
viþ hvat einherjar alask.

9. (B. 19.) Gera ok Freka
seþr gunntameþr
hróþegr Herjafǫþr.
en viþ vín eitt
vápngǫfogr
Óþenn æ lifer.

10. (B. 20.) Hugenn ok Munenn
fljúga hverjan dag
jǫrmongrund yfer.
ómk of Hugen,
at aptr ne kome,
þó sjǫ́mk meir of Munen.

11. (B. 21.) Þýtr Þund,
uner þjóþvitnes
fiskr flóþe í.
áarstraumr
þykker ofmikell
valglaume at vaþa.

12. (B. 22.) Valgrind heitr,
es stendr velle á
heilog fyr helgom durom.
forn es grind,
en fáer vito,
hvé 's í lás of loken.

13. (B. 23.) Fimm hundroþ dura
ok umb fjórom tøgom
hykk á Valhǫllo vesa.
átta hundroþ [einherja]
ganga ór einom durom,
þás fara viþ vitne vega.

(B. 24.) [Fimm hundroþ golfa,
ok umb fjórom tøgom
hykk Bilskirne meþ bugom.
ranna þeira,
es rept vitak,
míns veitk mest magar.]

14. (B. 25.) Heiþrún heitr [geit],
es stendr hǫllo á
ok bítr af Læraþs limom.

---

1) *Urspr.* heita *resp.* heitr.

skapker fylla
skal ens skíra mjaþar.
knáat sú veig vanask.

15. (B. 26.) Eikþyrner heitr
[hjǫrtr],
es stendr hǫllo á
ok bítr af Læraþs limom.
en af hans hornom
drýpr í Hvergelme;
þaþan eigo vǫtn ǫll vega.

(B. 27.) [Síþ ok Víþ,
Sœken, Eiken,
Fjǫrm ok Fimbolþul.
Svǫl ok Gunnþrǫ́,
[Rín ok Rennande,]
Gipol ok Gǫpol,
Gǫmol ok Geirvimol.
[þær hverfa um hodd
goþa.]
þyn ok Vin,
þǫll ok Hǫll,
Gráþ ok Gunnþoren.
(B. 28.) Vína heitr enn,
ǫnnor Vegsvinn,
þriþja þjóþnuma.

Nyt ok Nǫt,
Nǫnn ok Hrǫnn,
Slíþ ok Hríþ,
Sylgr ok Ylgr,
Víþ ok Vǫ́n,
Vǫnd ok Strǫnd,
Gjǫll ok Leiptr —
falla gumnom nær.
[en falla til Heljar
heþan.]

(B. 29.) Kǫrmt ok Ǫrmt
ok Kerlaugar tvær,
þær skal þórr vaþa,
hverjan dag,
es dœma ferr
at aske Yggdrasels.
[þvít ásbrú
brenn ǫll loga,
heilog vǫtn hlóa.]

(B. 30.) Glaþr ok Gyller,
Glær ok Skeiþbrimer,
Silfrentoppr ok Siner,
Gísl ok Falhófner,
Golltoppr ok Léttfete:
þeim ríþa æser jóom.
[dag hverjan,
es dœma fara
at aske Yggdrasels.]

(B. 31.) þríar rœtr
standa á þría vega
undan aske Yggdrasels.
Hel býr und einne,
annarre hrímþursar,
þriþjo mensker menn.

(B. 32.) Ratatoskr heitr
[íkorne],
es renna skal
at aske Yggdrasels.
arnar orþ
hann skal ofan bera,
ok segja Níþhǫggve niþr.

(B. 33.) Hirter 'ró ok fjórer,
þeirs af hœfingar
gaghalser gnaga,
Dáenn ok Dvalenn
Duneyrr ok Duraþrór.

(B. 34.) Ormar fleire
liggja und aske Yggdrasels,
en of hygge hverr [ósviþra
apa]
[Góenn ok Móenn
ero Grafvitnes syner,
Grábakr ok Grafvǫlloþr,]
Ófner ok Svafner
hykk at æ skyle
meiþs kvisto máa.

(B. 35.) Askr Yggdrasels
drýger erfiþe
meira, an menn of vite.
hjǫrtr bítr ofan,
en á hliþo fúnar,
skerþer Níþhǫggr neþan.]

16. (B. 36.) Hrist ok Mist
vilk at mér horne bere,
Skeggjǫld ok Skǫgol.
[Hildr ok Þrúþr,
Hlǫkk ok Herfjǫtor,
Gǫll ok Geirǫnol]
Randgríþr ok Ráþgríþr
ok Regenleif,
þær bera einherjom ǫl.

(B. 37.) [Árvakr ok Alsviþr
skolo upp heþan
svanger sól draga.
en und þeira bógom
fǫ́lo blíþ regen,
æser, ísarnkol.

(B. 38.) Svalenn heitr,
hann stendr sólo fyrer,
skjǫldr skínanda goþe.
bjǫrg ok brim
veitk at brenna skolo,
ef hann fellr frá.

(B. 39.) Skoll heitr ulfr,
es fylger skírleito goþe
til varna viþar,
en annarr Hate,
hann 's Hróþvitnes sonr,
sá skal fyr heiþa brúþe
himens.

(B. 40.) Ór Ymes holde
vas jǫrþ of skǫpoþ,
en ór sveita sær,
bjǫrg ór beinom,
baþmr ór háre,
en ór hause himenn.

(B. 41.) En ór hans brǫ́m
gerþo blíþ regen
Miþgarþ manna sonom.
en ór hans heila
vǫ́ro en harþmóþgo
ský ǫll of skǫpoþ.]

17. (B. 42.) Ullar hylle
hefr ok allra goþa,
hverr 's tekr fyrstr á funa.
opner heimar
verþa umb ása sonom,
þá es hefja af hvera.

(B. 43.) [Ívalda syner
gengo í árdaga
Skíþblaþne at skapa,
skipa bazt
skírom Frey,
nýtom Njarþar bur.

(B. 44.) Askr Yggdrasels,
hann 's œztr viþa,
en Skíþblaþner skipa,
Óþenn ása,
en jóa Sleipner,
Bilrǫst brúa.

[en Brage skalda
Hǿbrók hauka,
en hunda Garmr.]]

18. (B. 45.) Svipom hefk ypt
fyr sigtíva sonom,
viþ þat skal vilbjǫrg vaka.
ǫllom ǿsom
þat skal inn koma
Æges bekke á.
[Æges drekko at.]

19. (B. 46.) Hétomk Grímr,
hétomk Ganglere,
Herjan ok Hjalmbere,
þekkr ok þriþi,
þuþr ok Uþr,
Herblinde ok Hǿarr,

20. (B. 47.) Saþr ok Svipall
ok Sanngetall,
Herteitr ok Hnikarr.
[Bileygr, Báleygr,
Bǫlverkr, Fjǫlner,
Grímr ok Grímner,
Glapsviþr ok Fjǫlsviþr,
(B. 48.) Síþhǫttr, Síþskeggr,
Sigfǫþr, Hnikuþr,
Alfǫþr, Valfǫþr,
Atríþr, Farmatýr.]
eino nafne
hétomk aldrege,
síz meþ folkom fórk.

(B. 49.) [Grímne hétomk
at Geirraþar,
en Jalk at Ásmundar,
en þá Kjalar,
es kjalka drók,
þrór þingom at.

[Oske ok Ome
Jafnhár ok Biflinde,
Gǫndler ok Hárbarþr meþ
goþom.]]

21. (B. 50.) Sviþorr ok Sviþrer
hétomk at Sǫkkmímes,
ok dulþak enn aldna jǫton,
þás Miþvitnes
vask ens mæra burar
orþenn einbane.

22. (B. 51.) Ǫlr est, Geirrøþr,
hefr ofdrukket
— — — — —.
miklo est hnuggenn,
es þú 'st míno genge,
allra einherja ok Óþens.

23. (B. 52.) Fjǫlþ þér sagþak,
en fátt of mant,
of þik véla viner.
mæke liggja
sék míns vinar
allan í dreyra drifenn.

24. (B. 53.) Eggmóþan val
nú mon Yggr hafa,
þitt veitk líf of liþet.
úfar 'ró díser,
nú knátt Óþen séa,
nálgask mik, ef meger.

(B. 54.) [Óþenn nú heitk,
Yggr áþan hétk,
hétomk þundr fyr þat,
[Vakr ok Skilfingr,
Vǿfoþr ok Hroptatýr,
Gautr ok Jalkr meþ
goþom;]
Ófner ok Svafner,
hykk at orþner sé
aller at einom mér.]

Geirrøþr konungr sat ok hafþe sverþ um kné sér ok brugþet til miþs. En er hann heyrþe, at Óþenn var þar komenn, stóþ hann upp ok vilde taka Óþen frá eldenom. Sverþet slapp ór hende hǫ́nom; visso hjǫlten niþr. Konungr drap fœte ok steyptez áfram, en sverþet stóþ í gǫgnom hann ok fekk hann bana. Óþenn hvarf þá. En Agnarr var þar konungr lenge síþan.

Skírnesmǫ́l.

Freyr, sonr Njarþar, hafþe sezk í Hliþskjǫ́lf, ok sá um heima alla. Hann sá í Jǫtonheima ok sá þar mey fagra, þá er hón gekk frá skála fǫþor síns til skemmo. Þar af fekk hann hugsótter miklar. Skírner hét skósveinn Freys. Njǫrþr baþ hann kveþja Frey máls. Þá mælti Skaþe:

1. Rís nú, Skírner,
gakk skjótt at beiþa
okkarn mála mǫg,
ok þess at fregna,
hveim enn fróþe sé
ofreiþe afe.

Skírner kvaþ:

2. Illra orþa
esomk ón at ykrom syne,
ef geng at mæla viþ mǫg,
ok þess at fregna,
hveim enn fróþe sé
ofreiþe afe.

Skírner kvaþ:

3. Seg þat, Freyr,
folkvalde goþa,
ok ek vilja vita:
hví einn sitr
endlanga sale
minn dróttenn of daga?

Freyr kvaþ:

4. Hví segjak þér,
seggr enn unge,
mikenn móþtrega.
alfrǫþoll
lýser of alla daga,
ok þeyge at mínom
munom.

Skírner kvaþ:

5. Mune þína
hykka svá mikla vesa,
at mér seggr ne seger.
unger saman
vǫ́rom í árdaga,
vel mættem tveir trúask.

Freyr kvaþ:

6. Í Gymes gǫrþom
ek ganga sá
mér tíþa mey.
armar lýsto,
en af þaþan
alt lopt ok lǫgr.

7. Mær 's mér tíþare,
an manna hveim
ungom í árdaga.
ása ok alfa
þat vill enge maþr,
at vit samt séem.

Skírner kvaþ:

8. Mar gef mér þá,
es mik of myrkvan bere
vísan vafrloga,
ok þat sverþ,
es sjalft vegesk
viþ jǫtna átt.

Freyr kvaþ:

9. Mar þér gefk,
es þik of myrkvan berr
vísan vafrloga,
ok þat sverþ,
es sjalft mon vegask,
ef sá 's horskr, es hefr.

Skírner mælte viþ hestenn:

10. Myrkt 's úte,
mál kveþk okr fara
úreg fjǫll yfer.
[þursa þjóþ yfer.]
báþer komomk,
eþa okr báþa tekr
sá enn ámǫtke jǫtonn.

Skírner reiþ í Jǫtonheima til Gymes garþa. Þar vǫro hundar ólmer ok bundner fyr skíþgarþs hliþe, þess er um sal Gerþar var. Hann reiþ at þar, er féhirþer sat á hauge, ok kvadde hann:

11. Seg þat, hirþer,
es á hauge sitr
ok varþar alla vega,
hvé at andspille
komomk ens unga mans
fyr greyjom Gymes.

Hirþer kvaþ:

12. Hvárt est feigr,
eþa est fram gengenn,
— — — — —?
andspilles vanr
þú skalt æ vesa
góþrar meyjar Gymes.

Skírner kvaþ:

13. Koster 'ró betre,
an klekkva sé,
hveim 's fúss es fara.
eino dœgre
mér vas aldr of skapaþr
ok alt líf of laget.

Gerþr kvaþ:

14. Hvat 's hlym hlymja,
es heyrek til
ossom rǫnnom í?
jǫrþ bifask,
en aller fyrer
skjalfa garþar Gymes.

Ambǫ́tt kvaþ:

15. Maþr 's úte
stigenn af mars bake,
jó lætr til jarþar taka.

* * *

Gerþr kvaþ:

16. Inn biþ hann
ganga í okkarn sal
ok drekka enn mæra mjǫþ.
þó hitt ómk,
at hér úte sé
mínn bróþorbane.

17. Hvat 's þat alfa,
né ása sona,
né víssa vana?
hví einn of komt
eikenn fúr yfer
ór salkynne at séa?

Skírner kvaþ:

18. Emkat alfa,
né ása sona,
né víssa vana
þó einn of komk
eikenn fúr yfer
yþor salkynne at séa.

19. Eple ellifo
hér hefk algollen,
þau monk þér, Gerþr, gefa.
friþ at kaupa,
at þér Frey kveþer
óleiþastan lifa.

Gerþr kvaþ:

20. Eple ellifo
þikk aldrege
at mannskes munom,
né vit Freyr,
meþan okkart fjǫr lifer,
byggom bæþe saman.

Skírner kvaþ:

21. Baug þér gefk,
þanns brendr of vas
meþ ungom Óþens syne.
átta 'ró jafnhǫfger,
es af drjúpa
ena níundo hverja nótt.

Gerþr kvaþ:

22. Baug þikkak,
þótt brendr of sé
meþ ungom Óþens syne.
esa mér golls vant
í gǫrþom Gymes,
at deila fé fǫþor.

Skírner kvaþ:

23. Sér þú mæke, mær,
mjóvan, málfán,
es hefk í hende hér?
hǫfoþ hǫggva
monk þér halse af,
nema mér sætt seger.

Gerþr kvaþ:

24. Ánauþ þola
vilk aldrege
at mannskes munom.
þó hins getk,
ef it Gymer finnezk,
vígs ótrauþer, at vegezk.

Skírner kvaþ:

25. Sér þú mæke, mær,
mjóvan, málfán,
es hefk í hende hér?

fyr þessom eggjom
hnígr enn aldne jǫtonn,
verþr þínn feigr faþer.

26. Tamsvende [þik drepk]
ek þik temja mon,
mær, at mínom munom.
þar skalt ganga,
es þik gumna syner
síþan æva sée.

27. Ara þúfo á
skalt ár sitja,
horfa heime ór.
[snugga heljar til]
matr sé þér meirr
leiþr, an manna hveim
enn fráne ormr meþ firom.

28. At undrsjónom
verþer, es út of kemr,
á þik Hrímner hare.
[á þik hotvetna stare.]
víþkunnare
verþer, an vǫrþr meþ
goþom.
gape þú grindom frá.

29. Tópe ok Ópe,
tjǫsoll ok óþole
vaxe þér tár meþ trega.
sezk þú niþr,
en ek mon segja þér
sváran súsbreka.
[ok tvennan trega.]

30. Tramar gneypa
þik skolo gerstan dag
jǫtna gǫrþom í.
til hrímþurs hallar
þú skalt hverjan dag
kranga kostalaus.
[[kranga kostavǫn.]
grát at gamne
skalt í gǫgn hafa
ok leiþa meþ tǫ́rom trega.]

31. Meþ þurse
þú skalt æ nara,
eþa verlaus vesa.
[þítt geþ grípe,
þik morn morne.]
verþ sem þistell,
sás þrungenn vas
í ofanverþa ǫnn.

32. Til holts ek gekk
ok til hrás viþar
gambantein at geta.
— — —
— — — —
gambantein ek gat.

(B. 33.) [Reiþr es þér Óþenn,
reiþr 's þér Ásabragr,
þik skal Freyr fíask,
en firenilla mær,
en fenget hefr
gambanreiþe goþa.]

33. (B. 34.) Heyre jǫtnar,
heyre hrímþursar,
syner Suttunga,
[sjalfer ásliþar,]
hvé fyrer býþk
hvé fyrer bannak
manna glaum mane.
[manna nyt mane.]

34. (B. 35.) Hrímgrímner heitr,
es þik hafa skal
fyr nágrindr neþan.

þar vílmeger
á viþar rótom
þér geita hland gefe.
[œþre drykkja
fá aldrege,
mær, af þínom munom,
[mær, at mínom munom]].

35. (B. 36.) Þurs rístk þér
ok þría stafe,
erge [ok œþe] ok óþola.
svá ek af ríst,
sem þat á reist,
ef gerask þarfar þess.

Gerþr kvaþ:

36. (B. 37.) Heill verþ heldr,
sveinn,
ok tak viþ hrímkalke
fullom forns mjaþar.
þó hafþak ætlat,
at myndak aldrege
unna vaningja vel.

Skírner kvaþ:

37. (B. 38.) Ørende mín
vilk ǫll vita,
áþr ríþak heim heþan:
nær á þinge
mont þroskamiklom
nenna Njarþar syne?

Gerþr kvaþ:

38. (B. 39.) Barre heitr,
es bæþe vitom,
lundr lognfara.
ept nætr nío
þar mon Njarþar syne
Gerþr unna gamans.

Þá reiþ Skírner heim. Freyr stóþ úte ok kvadde hann ok spurþe tíþenda:

39. (B. 40.) Seg mér, Skírner,
áþr verper sǫþle af mare
ok stíger fete framar,
hvat árnaþer
í Jǫtonheima
þíns eþa míns munar?

Skírner kvaþ:

40. (B. 41.) Barre heitr,
es báþer vitom,
lundr lognfara.
ept nætr nío
þar mon Njarþar syne
Gerþr unna gamans.

Freyr kvaþ:

41. (B. 42.) Lǫng es nǿtt,
langar 'ró tvær,
hvé of þreyjak þríar?
opt mǿnoþr
minne þóttomk,
an sjá hǫlf hýnǿtt.

Hárbarþsljóþ.

Þórr fór ór Austrvege ok kom at sunde eino. Ǫþrom megom sundsens var ferjokarlenn meþ skipet. Þórr kallaþe:

1. Hverr es sveinn sveina,
es stendr fyr sund handan?

Ferjokarlenn svaraþe:

2. Hverr es karl karla,
es kallar vág yfer?

Þórr kvaþ:

3. Fer mik sund yfer,
fœþek þik á morgon.
meis hefk á bake,
verþra matr betre.
át ek í hvíld,
áþr heiman fœrak,
síldar ok hafra,
saþr em ek enn þess.

Ferjokarlenn kvaþ:

4. Árlegom verkom hrósar,
veiztat fyrer gǫrla,
dǫpr 'ró þín heimkynne,
dauþ hykk þín móþer sé.

Þórr kvaþ:

5. Þat seger þú nú,
es þykker mest at vita.
[at mín móþer dauþ sé.]

Ferjokarlenn kvaþ:

6. Þeyge es sem þú
þrjú bú góþ eiger,
berbeinn þú stendr
ok hefr brautinga gǫrve.
[þatke, at hafer brœkr
þínar.]

Þórr kvaþ:

7. Stýr hingat eikjo,
ek mon þér stǫþ kenna,
eþa hverr á skip,
þats þú heldr viþ land?

Ferjokarlenn kvaþ:

8. Hildolfr heiter,
es halda bǫ́þomk,
rekkr enn ráþsvinne
í Ráþseyjarsunde,
baþat hlennemenn flytja
eþa hrossaþjófa.
[góþa eina
ok þás gǫrva kunnak]
seg til nafns þíns,
ef vill of sund fara.

Þórr kvaþ:

9. Segja monk til nafns míns,
þótt ek sekr séa,
ok til alls øþles:
ek em Óþens sonr,
[Meila bróþer,
en Magna faþer,]
ek em þrúþvaldr goþa —
viþ Þór knátt hér dœma.
hins vilk nú spyrja,
hvat of heiter þú?

Ferjokarlenn kvaþ:

10. Hárbarþr ek heite,
hylk of nafn sjaldan.

Þórr kvaþ:
Hvat skalt of nafn hylja,
nema sakar eiger?

Hárbarþr kvaþ:
En þótt sakar eigak,
þá mon ek forþa
fjǫrve fyr slíkom,
nema feigr séak.

Þórr kvaþ:
Harm ljótan at vaþa,
[of vág til þín,]
ok væta mínn ǫgor.
skyldak launa kangenyrþe,
ef kœmomk sund yfer.

Hárbarþr kvaþ:
Hér mon ek standa,
ok þín heþan bíþa.
fannta mann harþara
at Hrungne dauþan.

Þórr kvaþ:
Hins vilt nú geta,
es vit Hrungner deildom,
enn stórúþge jǫtonn,
es ór steine vas hǫfoþ.
þó létk hann falla
ok fyrer hníga.
Hvat vant þú þá,
Hárbarþr, meþan?

Hárbarþr kvaþ:
Vask meþ Fjǫlvare
fimm vetr alla
í eyjo þeire,
es Algrœn heiter.
vega þar knǫ́ttom
ok val at fella,
margs at freista,
mans at kosta.

[Þórr kvaþ:
(B. 17.) Hverso snúnoþo yþr konor yþrar?

Hárbarþr kvaþ:
(B. 18.) Spárkar ǫ́ttom konor,
ef oss at spǫkom yrþe.
horskar ǫ́ttom konor,
ef oss hollar være.
þær ór sande
síma undo.
[ok ór dale djúpom
grund of grófo]
varþk þeim einn ǫllom
øfre at rǫ́þom.
[hvíldak hjá þeim systrom sjau,
ok hafþak geþ þeira alt ok gaman
Hvat vantú þá meþan Þórr?]]

Þórr kvaþ:
17. (B. 19.) Ek drap Þíaza,
enn þrúþmóþga jǫton,
upp varp ek augom
Alvalda sonar.
[á þann enn heiþa himen.]
þau ero mest merke
mínna verka.
[þaus aller menn síþan of sé]
Hvat vant þú þá,
Hárbarþr, meþan?

Hárbarþr kvaþ:
18. (B. 20.) Miklar manvélar
hafþak viþ myrkriþor.
[þás ek vélta þær frá verom.

harþan jǫton
hugþak Hlébarþ vesa,
gaf mér gambantein
— — — — —
— — — — —
en ek vélta hann ór vite.

Þórr kvaþ:
(B. 21.) Illom huga launaþer
þú þá góþar gjafar.

Hárbarþr kvaþ:
(B. 22.) Þat hefer eik, es af um sik
annarre skefr,
es hverr í slíko.
Hvat vantu meþan, Þórr?]

Þórr kvaþ:
19. (B. 23.) Ek vas austr,
ok jǫtna barþak
brúþer bǫlvísar,
es til bjargs gengo.
mikel munde ætt jǫtna,
ef aller lifþe.
[vætr munde manna
und Miþgarþe.]
Hvat vant þú þá,
Hárbarþr, meþan?

Hárbarþr kvaþ:
20. (B. 24.) Vask á Vallande
ok vígom fylgþak,
atta ek jǫfrom,
en aldre sættak.
[Óþenn á jarla,
þás í val falla,
en Þórr á þræla kyn.

Þórr kvaþ:
(B. 25.) Ójafnt skipta
munder meþ ǫ́som liþe,
ef ætter vilge mikels vald.

Hárbarþr kvaþ:]
(B. 26) Þórr á afl œret,
en ekke hjarta.
af hræzlo ok hugbleyþe
þér vas í hanzka troþet.
[[ok þótteska þú þá Þórr vesa]
hvárke þá þorþer
fyr hræzlo þínne
hnjósa né físa,
svát Fjalarr heyrþe.

Þórr kvaþ:
(B. 27.) Hárbarþr enn rage,
ek munda þik í hel drepa,
ef mættak seilask of sund.

Hárbarþr kvaþ:
(B. 28.) Hvat skylder þú of sund seilask,
es saker 'ró alls øngar?
Hvat vant þú þá Þórr?].

Þórr kvaþ:
21. (B. 29.) Ek vas austr,
ok ǫ varþak,
þá es mik sótto
þeir Svárangs syner.
grjóte mik bǫrþo,
gagne urþot fegner.
[þó urþo þeir mik fyrre,
friþar at biþja.]
Hvat vant þú þá
Hárbarþr meþan?

Hárbarþr kvaþ:
22. (B. 30.) Ek vas austr
ok viþ Einherjo dœmþak,
lékk viþ línhvíta
ok launþing háþak,
gladdak gollbjarta,
gamne mær unþe.
— — — — —
— — — — —.

[Þórr kvaþ:
(B. 31.) Góþ áttu þér mankynne þar þá.

Hárbarþr kvaþ:
(B. 32.) Liþs þíns væra ek þá þurfe, Þórr, at ek helda þeire enne línhvíto mey.

Þórr kvaþ:
(B. 33.) Ek munda þér þá þat veita, ef ek viþr of kœmomk.

Hárbarþr kvaþ:
(B. 34.) Ek munda þér þá trúa, nema þú mik í trygþ vélter.

Þórr kvaþ:
(B. 35.) Emkat ek sá hælbítr, sem húþskór forn á vár.

Hárbarþr kvaþ:
(B. 36.) Hvat vantu meþan Þórr?].

Þórr kvaþ:
23. (B. 37.) Brúþer berserkja
barþak í Hléseyjo,
þær hǫfþo verst unnet,
vélta þjóþ alla.

[Hárbarþr kvaþ:
(B. 38.) Klœke vant þú þá Þórr, es þú á konom barþer. Þórr kvaþ:]

(B. 39.) Vargynjor vǫ́ro,
en varla konor.
[skeldo skip mítt,
es skorþat hafþak,
œgþo mér jarnlurke,
en elto Þjalfa.]
Hvat vant þú þá,
Hárbarþr, meþan?

Hárbarþr kvaþ:
24. (B. 40.) Ek vas í here,
es hingat gerþesk
* * *
gnæfa gunnfána,
geir at rjóþa.

[Þórr kvaþ:
(B. 41.) Þess viltu nú geta, es þú fórt oss óljúfan at bjóþa.]

Hárbarþr kvaþ:
25. (B. 42.) Bœta skal þat þá
bauge munda,
* * *
sem jafnendr unno,
þeirs okr vilja sætta.

Þórr kvaþ:
26. (B. 43.) Hvar namt þú þesse
en hnœfelego orþ,
es heyrþak aldrege
en hnœfelegre?

[Hárbarþr kvaþ:
(B. 44.) Nam ek at mǫnnom
þeim enom aldrœnom,
es búa í heimes haugom.

Þórr kvaþ:
(B. 45.) Þó gefr þú gótt nafn
dysjom, es þú kallar
þær heimes hauga.

Hárbarþr kvaþ:
(B. 46.) Svá dœme ek of slíkt
far.

Þórr kvaþ:
(B. 47.) Orþkringe þín
mon þér illa koma,
ef ræþk á vág at vaþa.
ulfe hæra
hykk þik œpa mono,
ef hlýtr af hamre hǫgg.]

Hárbarþr kvaþ:
27. (B. 48.) Sif á hó heima,
hans mont fund vilja,
þann mont þrek drýgja,
þat 's þér skyldara.

Þórr kvaþ:
28. (B. 49.) Mæler at munns
ráþe,
svát mér skyle verst
þykkja,
halr enn hugblauþe,
hykk at þú ljúger.

Hárbarþr kvaþ:
29. (B. 50.) Satt hykk mik
segja,
seinn est at fǫro,
langt munder komenn,
ef litom fœrer.

[Þórr kvaþ:
(B. 51.) Hárbarþr enn rage,
heldr hefr mik dvalþan.

Hárbarþr kvaþ:
(B. 52.) Ásaþórs hugþak
aldre mundo
glepja féhirþe farar.]

Þórr kvaþ:
30. (B. 53.) Ráþ monk þér ráþa,
ró hingat báte,
hættom hœtinge,
hitt fǫþor Magna.

Hárbarþr kvaþ:
31. (B. 54.) Far þú firr sunde,
þér skal fars synja.

Þórr kvaþ:
32. (B. 55.) Vísa þú mér leiþ,
alls villat mik ferja.

Hárbarþr kvaþ:
33. (B. 56.) Lítet 's at synja.
langt es at fara,
stund es til stoks,
en til steins ǫnnor,
halt svá til vinstra vegs,
unz Verland hitter.
þar mon Fjǫrgyn
hitta Þór son sinn.
[ok mon hǫ́n kenna hǫ́nom
áttunga brauter til Óþens
landa.

Þórr kvaþ:
(B. 57.) Mon ek taka þangat
í dag?

Hárbarþr kvaþ:
(B. 58.) Taka viþ víl ok
erfiþe; at upp verande
sólo ek get þána.]

Þórr kvaþ:
34. (B. 59.) Skamt mon mál okkat,
alls skœtingo svarar,
launa monk farsynjon,
ef finnomk sinn annat.

[Hárbarþr kvaþ:
(B. 60.) Farþu nú, þars þik hafe allan gramer.]

Hymeskviþa.

1. Ár valtívar
veiþar nǫ́mo,
ok sumblsamer
áþr saþer yrþe.
hristo teina
ok á hlaut sǫ́o,
fundo at Æges
ǫrkost hvera.

2. Sat bergbúe
barnteitr fyrer,
mjǫk glíkr mege
Miskorblinda.
leit í augo
Yggs barn í þrǫ́:
„þú skalt ǫ́som
opt sumbl gera.“

3. Ǫnn fekk jǫtne
orþbægnom halr.
hugþe at hefndom
hann næst viþ goþ,
baþ Sifjar ver
sér fœra hver:
„þanns ǫllom ǫl
yþr of heitak.“

4. Ne þat mǫ́tto
mærer tívar
ok ginnregen
of geta hverge.
unz af trygþom
Týr Hlórriþa
ástráþ miket
einom sagþe.

5. „Býr fyr austan
Élevága
hundvíss Hymer
at himens enda.
á mínn afe
móþogr ketel,
rúmbrugþenn hver,
rastar djúpan.

(B. 6.) [„Veizt ef þiggjom
þann lǫgvelle?“
„Ef, vinr, vélar
vit gørvom til.“]

6. (B. 7.) Fóro drjúgom
dag þann framan
Ásgarþe frá,
unz til Egels kómo.

hirþe hafra
horngǫfgasta.
hurfo at hǫllo,
es Hymer átte.

7. (B. 8.) Mǫgr fann ǫmmo
mjǫk leiþa sér,
hafþe hǫfþa
hundroþ nío,
en ǫnnor gekk
algollen fram
brúnhvít bera
bjórveig syne.

8. (B. 9.) „Áttniþr jǫtna,
ek viljak ykr
hugfulla tvá
und hvera setja.
es mínn faþer
mǫrgo sinne
gløggr viþ geste,
gørr ills hugar.“

9. (B. 10.) En váskapaþr
varþ síþbúenn
harþráþr Hymer
heim af veiþom.
gekk inn í sal,
glumþo jǫklar,
vas karls, es kom,
kinnskógr frørenn.

Dótter kvaþ:

10. (B. 11.) „Ves heill, Hymer,
í hugom góþom,
nú 's sonr komenn
til sala þínna.
[sás vit vættom
af vege lǫngom.]
fylger hǫ́nom
hróþrs andskote,
vinr verliþa,
Véorr heiter sá.

11. (B. 12.) Sé hvar sitja
und salar gafle,
svá forþa sér,
stendr súl fyrer.“
sundr stǫkk súla
fyr sjón jǫtons,
en afr í tvau
ǫ́ss brotnaþe.

12. (B. 13.) Stukko átta,
en einn af þeim
hverr harþslegenn
heill af þolle.
fram gengo þeir,
en forn jǫtonn
sjónom leidde
sínn andskota.

13. (B. 14.) Sagþet hǫ́nom
hugr vel, þás sá
gýgjar græte
á golf komenn.
þar vǫ́ro þjórar
þrír of tekner,
baþ senn jǫtonn
sjóþa ganga.

14. (B. 15.) Hvern léto þeir
hǫfþe skemra,
ok á seyþe
síþan bǫ́ro.
át Sifjar verr,
áþr sofa genge,
einn meþ ǫllo
yxn tvá Hymes.

15. (B. 16.) Þótte hǫ́rom
Hrungnes spjalla
verþr Hḷórriþa
vel fullmikell —
„monom at apne
ǫþrom verþa
viþ veiþemat
vér þrír lifa."

16. (B. 17.) Véorr kvazk vilja
á vág róa,
ef ballr jǫtonn
beitor gæfe.
„Hverf til hjarþar,
ef hug trúer,
brjótr bergdana,
beitor sœkja.

17. (B. 18.) Þess vænter mik,
at þér myne
ǫgn af oxa
auþfeng vesa."
Sveinn sýslega
sveif til skógar,
þars oxe stóþ
alsvartr fyrer.

18. (B. 19.) Braut af þjóre
þurs ráþbane
hǫ́tún ofan
horna tveggja.
„Verk þykkja þín
verre myklo
kjóla valde,
an kyrr siter."

19. (B. 20.) Baþ hlunngota
hafra dróttenn
áttrunn apa
útar fœra.
en sá jǫtonn
sína talþe
lítla fýse
lengra at róa.

20. (B. 21.) Dró meir Hymer
móþogr hvale
einn á ǫngle
upp senn eþa tvá.
en aptr í skut
Óþne sifjaþr
Véorr viþ vélar
vaþ gørþe sér.

21. (B. 22.) Egnde á ǫngol,
sás ǫldom bergr,
orms einbane,
oxa hǫfþe.
gein viþ agne,
sús goþ fía,
umbgjǫrþ neþan
allra landa.

22. (B. 23.) Dró djarflega
dáþrakkr Þórr
orm eitrfáan
upp at borþe.
hamre kníþe
hǫ́fjall skarar
ofljótt ofan
ulfs hnitbróþor.

23. (B. 24.) Hraungǫlkn hruto,
en hǫlkn þuto,
fór en forna
fold ǫll saman.
[sǫkþesk síþan
sá fiskr í mar.]

24. (B. 25.) Oteitr jǫtonn,
es aptr røro,
— — — —
— — — —,
svát at ár Hymer
ekke mælte;
veifþe rœþe
veþrs annars til.

25. (B. 26.) „Mundo of vinna
verk halft viþ mik?
— — — —
— — — —,
at heim hvale
haf til bœjar,
eþa flotbrúsa
fester okkarn.“

26. (B. 27.) Gekk Hlórriþe,
greip á stafne,
vatt meþ austre
upp lǫgfáke.
einn meþ ǿrom
ok austskoto
bar til bœjar
brimsvín jǫtons.
[ok holtriþa
hver í gegnom.]

27. (B. 28.) Ok enn jǫtonn
of afrende,
þrágirne vanr,
viþ Þór sente.
kvaþat mann ramman
þótt róa kynne
krǫptorlegan,
nema kálk bryte.

28. (B. 29.) En Hlórriþe,
es at hǫndom kom,
brátt lét bresta
brattstein glere.
sló sitjande
súlor í gǫgnom,
bǿro þó heilan
fyr Hyme síþan.

29. (B. 30.) Unz en fríþa
friþla kende
ástráþ miket,
eitt es visse:
„drep viþ haus Hymes,
hann ’s harþare,
kostmóþs jǫtons,
kálke hverjom.“

30. (B. 31.) Harþr reis á kné
hafra dróttenn,
fœrþesk allra
í ásmegeu.
heill vas karle
hjalmstofn ofan,
en vínferell
valr rifnaþe.

31. (B. 32.) „Mǫrg veitk mæte
mér gengen frá,
es kálke sék
ýr knéom hrundet.
karl orþ of kvaþ:
knákat segja
aptr ævage
þú ’st ǫlþr of heitt.“

32. (B. 33.) „Þat ’s til kostar,
ef koma mætteþ
út ór óro
ǫlkjól hofe.“
Týr leitaþe
tysvar hrœra;
stóþ at hvǿro
hverr kyrr fyrer.

33. (B. 34.) Faþer Móþa
fekk á þreme,
ok í gǫgnom steig
golf niþr í sal.
hófsk á hǫfoþ upp
hver Sifjar verr,
en á hælom
hringar skullo.

34. (B. 35.) Fórot lenge,
áþr líta nam
aptr Óþens sonr
eino sinne.
sá ór hreysom
meþ Hyme austan
folkdrótt fara
fjǫlhǫfþaþa.

35. (B. 36.) Hófsk af herþom
hver standande
— — — —
— — — —.
veifþe Mjǫllne
morþgjǫrnom fram,
ok hraunhvale
hann alla drap.

36. (B. 37.) Fórot lenge,
áþr liggja nam
hafr Hlórriþa
halfdauþr fyrer.
vas skær skǫkols
skakkr á beine,
en því enn lævíse
Loke of olle.

37. (B. 38.) Ér heyrt hafeþ,
— hverr kann of þat
goþmǫ́logra
gørr at skilja —
hver af hraunbúa
hann laun of fekk,
es bæþe galt
bǫrn sín fyrer.

38. (B. 39.) Þróttǫflogr kom
á þing goþa,
ok hafþe hver
þanns Hymer átte.
en vér hverjan
vel skolo drekka
ǫlþr at Æges
eitrormmeiþe.

Lokasenna.

Frá Æge ok goþom.

Æger, er ǫþro nafne hét Gymer, hann hafþe búet ǫ́som ǫl, þá er hann hafþe fenget ketel enn mikla, sem nú er sagt. Til þeirar veizlo kom Óþenn ok Frigg, kona hans. Þórr kom eige, þvíat hann var í Austrvege. Sif var þar, kona Þórs, Brage ok Iþunn, kona hans. Týr var þar; hann var einhendr; Fenresúlfr sleit hǫnd af hǫ́nom, þá er hann var bundenn. Þar var Njǫrþr ok kona hans Skaþe, Freyr ok Freyja, Víþarr son Óþens. Loke var þar, ok þjónustomenn Freys, Beyggver ok Beyla. Mart var þar ása ok álfa. Æger átte tvá þjónustomenn, Fimafengr ok Elder. Þar var lýsegull haft fyrer eldsljós. Sjálft barsk þar ǫl. Þar var griþastaþr mikell. Menn lofoþo mjǫk, hverso góþer þjónustomenn Æges vǫ́ro. Loke mátte eige heyra þat, ok drap hann Fimafeng. Þá skóko æser skjǫldo sína ok œpþo at Loka, ok elto hann braut til skógar, en þeir fóro at drekka. Loke hvarf aptr ok hitte úte Elde. Loke kvadde hann:

1. Seg þat, Elder,
svát einoge
fete ganger framar,
hvat hér inne
hafa at ǫlmǫ́lom
sigtíva syner.

Elder kvaþ:

2. Of vǫ́pn dœma
ok of vígrisne
sigtíva syner.
ása ok alfa,
es hér inne ero,
mange 's þér í vorþe vinr.

Loke kvaþ:

3. Inn skal ganga
Æges haller í,
á þat sumbl at séa.
jǫll ok ǫ́fo
fœrek ása sonom;
blendk svá meine mjǫþ.

Elder kvaþ:

4. Veizt, ef inn gengr
Æges haller í,
á þat sumbl at séa,
hrópe ok róge,
ef eyss á holl regen,
á þér mono þerra þat.

Loke kvaþ:

5. Veizt þat, Elder,
ef einer skolom
sáryrþom sakask,
auþegr verþa
monk í andsvǫrom,
ef mæler til mart.

Síþan gekk Loke inn í hǫllena. En er þeir sá, er fyrer vǫ́ro, hverr inn var komenn, þǫgnoþo þeir aller. Loke kvaþ:

6. Þyrstr ek kom
þessar hallar til
Loptr of langan veg,
ǫ́so at biþja,
at mér einn gefe
mæran drykk mjaþar.

7. Hví þegeþ ér
svá, þrungen goþ,
at mæla ne megoþ?
sessa ok staþe
veleþ mér sumble at,
eþa heiteþ mik heþan.

Brage kvaþ:

8. Sessa ok staþe
velja þér sumble at
æser aldrege.
æser vito,
hveim alda skolo
gambansumbl of geta.

Loke kvaþ:

9. Mant þat, Óþenn,
es í árdaga
blendom blóþe saman?
ǫlve bergja
lézk eige mundo,
nema okr være bóþom
boret.

Óþenn kvaþ:

10. Rís þá, Víþarr,
ok lát vulfs fǫþor
sitja sumble at,
síþr oss Loke
kveþe lastastǫfom
Æges hǫllo í.

Þá stóþ Víþarr upp ok skenkte Loka, en áþr hann drykke, kvadde hann ǫ́sona:

11. Heiler æser,
heilar ǫ́synjor,
ok ǫll ginnheilog goþ,
nema einn ǫ́ss,
sás innar sitr
Brage bekkjom á.

Brage kvaþ:

12. Mar ok mæke
gefk þér míns féar,
ok bœter þér svá Brage,
síþr þú ǫ́som
ǫfund of gjalder.
gremjat goþ at þér.

Loke kvaþ:

13. Jós ok mækes
mont æ vesa
beggja vanr, Brage.
ása ok alfa,
es hér inne ero,
þú 'st viþ víg varastr.
[ok skjarrastr viþ skot.]

Brage kvaþ:

14. Ef fyr útan værak,
sem fyr innan emk,
Æges hǫll of komenn,
hǫfoþ þitt
bærak í hende mér.
lykak þér þat fyr lyge.

Loke kvaþ:

15. Snjallr est í sesse
skalat svá gera,
Brage bekkskrautoþr.
vega gakk,
ef vreiþr séer,
hyggsk vætr hvatr fyrer.

Iþunn kvaþ:

16. Biþk þik Brage,
† barna sifjar duga
ok allra óskmaga,
at þú Loka
kveþera lastastǫfom
Æges hǫllo í.

Loke kvaþ:
17. þege þú, Iþunn,
þik allra kveþk
vergjarnasta vesa.
arma þína
lagþer ítrþvegna
of þínn bróþorbana.

Iþunn kvaþ:
18. — Loka
kveþka lastastǫfom
Æges hǫllo í.
Braga kyrrek
bjóre reifan,
vilkat at it vreiþer vegezk.

Gefjon kvaþ:
19. Hví it æser tveir
skoloþ inne hér
sáryrþom sakask?
Loptke veit,
at leikenn es,
ok hann fjǫrg ǫll fia.

Loke kvaþ:
20. þege þú, Gefjon,
þess monk nú geta,
es þik glapþe at geþe
sveinn enn hvíte,
es þér sigle gaf,
ok lagþer lær yfer.

Óþenn kvaþ:
21. Œrr est, Loke,
ok ørvite,
es fær þér Gefjonar greme.
aldar ørlǫg
hykk at ǫll of vite
jafngørla sem ek.

Loke kvaþ:
22. þege þú, Oþenn,
þú kunner aldrege
deila víg meþ verom.
opt þú gaft
þeims gefa skyldera
enom slævorom sigr.

Óþenn kvaþ:
23. Veizt, ef gafk
þeims gefa ne skyldak
enom slævorom sigr,
átta vetr
vast fyr jǫrþ neþan
kýr mólkande ok kona.
[ok hefr þú þar bǫrn of
boret,
ok hugþak þat args aþal.]

Loke kvaþ:
24. En þik síþa
kóþo Sámseyjo í,
drapt á vétt sem vǫlor.
vitka líke
fórt verþjóþ yfer,
ok hugþak þat args aþal.

Frigg kvaþ:
25. Ørlǫgom ykrom
skyleþ aldrege
segja seggjom frá,
hvat it æser tveir
drýgþoþ í árdaga;
firresk æ forn rǫk firar.

Loke kvaþ:
26. þege þú-Frigg,
þú 'st Fjǫrgyns mær,
ok hefr æ vergjǫrn veret.

Véa ok Vilja
lézt þér, Viþres kvæn,
báþa í baþm of teket.

Frigg kvaþ:
Ef inne ættak
Æges hǫllom í
Baldre glíkan bur,
út ne kvæmer
frá ása sonom,
være þá at þér vreiþom
veget.

Loke kvaþ:
Enn vilt, Frigg,
at fleire teljak
mína meinstafe.
ek því ræþ,
es ríþa sérat
síþan Baldr at sǫlom.

Freyja kvaþ:
Œrr est, Loke,
es yþra telr
ljóta leiþstafe.
ørlǫg Frigg
hykk at ǫll vite,
þótt hǫ́n sjǫlfge sege.

Loke kvaþ:
þege þú, Freyja,
þik kank fullgørva,
esa þér vamma vant.
ása ok alfa,
es hér inne ero,
hverr hefr þínn hórr veret.

Freyja kvaþ:
Flǫ́ 's þér tunga,
hykk fremr at þér
myne ógótt of gala.
vreiþer 'ó æser
ok ǫ́synjor.
hryggr mont heim fara.

Loke kvaþ:
32. þege þú, Freyja,
þú 'st fordæþa
ok meine blanden mjǫk.
at brœþr þínom
stóþo þik blíþ regen,
ok munder þá, Freyja,
frata.

Njǫrþr kvaþ:
33. þat 's válítet,
þótt sér varþer fáe
vers hóss eþa hvárs.
undr 's, es ǫ́ss ragr
es hér inn of komenn,
ok hefr sá bǫrn of boret.

Loke kvaþ:
34. þege þú, Njǫrþr,
þú vast austan
gísl of sendr at goþom.
Hymes meyjar
hǫfþo þik at hlandtroge,
ok þér í munn migo.

Njǫrþr kvaþ:
35. Sú esomk líkn,
es vask langt heþan
gísl of sendr at goþom,
þá mǫg gatk,
þanns mange fíar,
ok þykker sá ása jaþarr.

Loke kvaþ:
36. Hætt nú Njǫrþr,
haf á hófe þik,
monka því leyna lengr.

viþ systor þínne
gazt slíkan mǫg,
ok esa þó vǫ́no verr.

Týr kvaþ:
37. Freyr es baztr
allra ballriþa
ása gǫrþom í.
mey ne græter
né manns kono,
ok leyser ór hǫptom hvern.

Loke kvaþ:
38. þege þú, Týr,
þú kunner aldrege
bera tilt meþ tveim.
hǫnd ena hœgre,
monka hinnar geta,
þér sleit Fenrer frá.

Týr kvaþ:
39. Handar emk vanr,
en þú hróþrsvitnes;
bǫl es beggja þrǫ́.
ulfge hefr ok betr,
es í bǫndom skal
bíþa ragnarǫkrs.

Loke kvaþ:
40. þege þú, Týr,
þat varþ þínne kono,
at átte mǫg viþ mér.
ǫln né penning
hafþer aldrege
þess vanréttes, vesall.

Freyr kvaþ:
41. Ulf sék liggja
áróse fyrer
unz of rjúfask regen.
því mont næst,
nema nú þeger,
bundenn bǫlvasmiþr.

Loke kvaþ:
42. Golle keypta
lézt Gymes dóttor,
ok selder þitt svá sverþ.
en es Múspells syner
ríþa Myrkviþ yfer,
veizta þá, vesall, hvé vegr.

Beyggver kvaþ:
43. Ef øþle ættak,
sem Ingunarfreyr,
ok svá sællekt setr,
merge smæra
mølþak meinkrǫ́ko,
ok lemþa alla í liþo.

Loke kvaþ:
44. Hvat 's et lítla,
es lǫggra sék,
ok snapvíst snaper?
at eyrom Freys
mont æ vesa,
ok und kvernom klaka.

Beyggver kvaþ:
45. Beyggver heitk,
en mik bráþan kveþa
goþ ǫll ok gumar.
því 'mk hér hróþogr,
at drekka Hropts meger
aller ǫl saman.

Loke kvaþ:
46. þege þú, Beyggver,
þú kunner aldrege
deila meþ mǫnnom mat.

í flets stráe
finna þik ne mǫ́tto,
þá es vǫ́go verar.

Heimdallr kvaþ:
Ǫlr est, Loke,
svát est ørvite,
hví ne lezkat, Loke?
ofdrykkja
veldr alda hveim,
es sína mælge ne manat.

Loke kvaþ:
Þege þú, Heimdallr,
þér vas í árdaga
et ljóta líf of laget.
ǫrgo bake
þú mont æ vesa
ok vaka vǫrþr goþa.

Skaþe kvaþ:
Létt 's þér, Loke,
monat lenge svá
leika lausom hala.
þik á hjǫrve
skolo ens hrímkalda
magar
gǫrnom binda goþ.

Loke kvaþ:
50. Ef mik á hjǫrve
skolo ens hrímkalda
magar
gǫrnom binda goþ,
fyrstr ok øfstr
vask at fjǫrlage,
þars á Þjaza þrifom.

Skaþe kvaþ:
51. Ef fyrstr ok øfstr
vast at fjǫrlage,
þás á Þjaza þrifoþ,
frá mínom véom
ok vǫngom skolo
þér æ kǫld rǫ́þ koma.

Loke kvaþ:
52. Léttare í mǫ́lom
vast viþ Laufeyjar son,
es lézt mér á beþ þínn
boþet.
getet verþr slíks,
ef gørva skolom
telja vǫmm in vǫ́r.

Þá gekk Sif fram ok byrlaþe Loka í hrímkálke mjǫþ mælte:

Heill ves Loke,
tak viþ hrímkálke
fullom forns mjaþar,
heldr hana eina
láter meþ ása sonom
vammalausa vesa.

Hann tók viþ horne ok drakk af.

Ein þú værer,
ef svá værer,
vǫr ok grǫm at vere.
einn ek veit,
svát vita þykkjomk,
hór ok af Hlórriþa.
[ok var þat sá enn lævíse Loke.]

Beyla kvaþ:

55. Fjǫll skjalfa,
hykk á fǫr vesa
heim Hlórriþa.
hann ræþr ró,
þeims rœger hér
goþ ǫll ok guma.

Loke kvaþ:

56. Þege þú, Beyla,
þú 'st Beyggves kvæn,
ok meine blanden mjǫk.
ókynjan meira
koma meþ ása sonom;
ǫll est deigja driten.

Þá kom Þórr at ok kvaþ:

57. Þege þú, rǫg vættr,
þér skal þrúþhamarr
Mjǫllner mál fyrer nema.
herþaklett
drepk þér halse af,
verþr þá þíno fjǫrve of faret.

Loke kvaþ:

58. Jarþar burr
es hér inn komenn.
hví þraser þú svá, Þórr?
þá þorer þú ekke,
es skalt viþ ulf vega,
ok svelgr hann allan Sigfǫþor.

Þórr kvaþ:

59. Þege þú, rǫg vættr,
þér skal þrúþhamarr
Mjǫllner mál fyrer nema.
upp þér verpk
ok á austrvega.
síþan þik mange sér.

Loke kvaþ:

60. Austrfǫrom þínom
skalt aldrege
segja seggjom frá,
síz í hanzka [þumlunge]
hnúkþer, einhere,
ok þótteska Þórr vesa.

Þórr kvaþ:

61. Þege þú, rǫg vættr,
þér skal þrúþhamarr
Mjǫllner mál fyrer nema.
hende hœgre
drepk þik Hrungnes bana,
svát þér brotnar beina hvat.

Loke kvaþ:

62. Lifa ætlak
mér langan aldr,
þótt hœter hamre mér:
skarpar álar
þótto þér Skrymes vesa,
ok máttera neste náa.
[ok svaltz þú þá hungre heill.]

Þórr kvaþ:

63. Þege þú, rǫg vættr,
þér skal þrúþhamarr
Mjǫllner mál fyrer nema.
Hrungnes bane
mon þér í hel koma
fyr nágrindr neþan.

Loke kvaþ:

64. Kvaþk fyr ǫsom,
kvaþk fyr ása sonom
þats mik hvatte hugr.

en fyr þér einom
monk út ganga,
þvít ek veit at þú vegr.

65. Ǫl gerþer, Æger,
en þú aldre mont
síþan sumbl of gera.
eiga þín ǫll,
es hér inne es,
[leike yfer loge]
brenne þér á bake.

En epter þetta falsk Loke í Fránangrsforse í lax líke. Þar tóko æser hann. Hann var bundenn meþ þǫrmom sonar síns Nara, en Narfe sonr hans varþ at varge. Skaþe tók eitrorm ok feste upp yfer annlit Loka. Draup þar ór eitr. Sigyn, kona Loka, sat þar, ok helt munnlaug under eitret. En er munnlaugen var full, bar hǫ́n út eitret. En meþan draup eitret á Loka. Þá kiptez hann svá hart viþ, at þaþan af skalf jǫrþ ǫll. Þat ero nú kallaþer landskjálptar.

Þrymskviþa.

---

1. Reiþr vas þá Vingþórr,
es vaknaþe,
ok síns hamars
of saknaþe.
skegg nam at hrista,
skǫr nam at dýja,
réþ Jarþar burr
umb at þreifask.

2. Ok þat orþa
alls fyrst of kvaþ:
„heyr nú, Loke,
hvat nú mælek,
es eige veit
jarþar hverge
né upphimens:
ǫ́ss 's stolenn hamre“.

3. Gengo fagra
Freyjo túna,
ok þat orþa
alls fyrst of kvaþ:
„mont mér Freyja
fjaþrhams léa,
ef mínn hamar
mættak hitta?“

Freyja kvaþ:

4. Møndak gefa þér,
þótt ór golle være,
ok þó selja,
at ór silfre være.

5. (B. 5. 6.) Þá fló Loke,
fjaþrhamr dunþe,

unz útan kom
ása garþa.
[ok fyr innan kom
jǫtna heima.]
þrymr sat á hauge,
þursa dróttenn,
greyjom sínom
gollbǫnd snere.
[ok mǫrom sínom
mǫn jafnaþe.]

þrymr kvaþ:

6. (B. 7.) „Hvat 's meþ ǫ́som?
hvat 's meþ ǫlfom?
hví 'st einn komenn
í jǫtonheima?"
„Ilt 's meþ ǫ́som.
ilt 's meþ ǫlfom.
hefr þú Hlóriþa
hamar of folgenn?"

þrymr kvaþ:

7. (B. 8.) „Hefk Hlóriþa
hamar of folgenn
átta rǫstom
fyr jǫrþ neþan.
hann enge maþr
aptr of heimter,
nema fœre mér
Freyjo at kvæn."

8. (B. 9.) þá fló Loke,
fjaþrhamr dunþe,
unz útan kom
jǫtnaheima.
[ok fyr innan kom
ása garþa.]
mœtte þóre
miþra garþa,
ok þat orþa
alls fyrst of kvaþ:

9. (B. 10.) „Hefr þú erende
sem erfiþe?
seg þú á lopte
lǫng tíþende.
opt sitjanda
sǫgor of fallask,
ok liggjande
lyge of beller."

Loke kvaþ:

10. (B. 11.) „Hefk erfeþe
ok erende.
þrymr hefr þínn hamar,
þursa dróttenn.
hann enge maþr
aptr of heimter,
nema hǫ́nom fœre
Freyjo at kvǫ́n."

11. (B. 12.) Ganga fagra
Freyjo at hitta,
ok þat orþa
alls fyrst of kvaþ:
„bitt þik, Freyja,
brúþar líne.
vit skolom aka tvau
í jǫtonheima."

12. (B. 13.) Reiþ varþ Freyja
ok fnásaþe,
allr ása salr
under bifþesk:
[stǫkk et mikla
men Brísinga]
„mik veizt verþa
vergjarnasta,
ef ek ek meþ þér
í jǫtonheima."

13. (B. 14.) Senn vǫro æser
aller á þinge
ok ǫ́synjor
allar á mále,
ok of þat réþo
ríker tívar,
hvé Hlóriþa
hamar of sœtte.

14. (B. 15.) Þá kvaþ Heimdallr,
hvítastr ása,
visse vel fram
sem vaner aþrer:
„bindom Þór þá
brúþar líne;
hafe hann et mikla
men Brísinga.

15. (B. 16.) Lǫ́tom und hǫ́nom
hrynja lukla,
ok kvennváþer
of kné falla,
en á brjóste
breiþa steina,
ok haglega
of hǫfoþ typpom."

16. (B. 17.) Þá kvaþ þat Þórr
enn þrúþge ǫ́ss,
— — — —
— — — —:
„mik mono æser
argan kalla,
ef bindask lætk
brúþar líne."

17. (B. 18.) Þá kvaþ þat Loke
Laufeyjar sonr:
„þege þú, Þórr,
þeira orþa.
þegar mono jǫtnar
Ásgarþ búa,
nema þínn hamar
þér of heimter."

18. (B. 19 1-4.) Bundo Þór þá
brúþar líne,
ok eno mikla
mene Brísinga.

* * *

19. (B. 19 5-12.) Léto und hǫ́nom
hrynja lukla
ok kvennváþer
of kné falla,
en á brjóste
breiþa steina,
ok haglega
of hǫfoþ typþo.

20. Þá kvaþ þat Loke,
Laufeyjar sonr,
— — — —
— — — —:
„monk ok meþ þér
ambǫ́tt vesa;
vit skolom aka tvær
í jǫtonheima."

21. Senn vǫro hafrar
heim of rekner,
skynder at skǫklom,
skyldo vel renna.
bjǫrg brotnoþo,
brann jǫrþ loga.
ók Óþens sonr
í jǫtonheima.

22. Þá kvaþ þat Þrymr,
þursa dróttenn:
„standeþ upp, jǫtnar,
ok stráeþ bekke.
nú fœra mér
Freyjo at kvǫ́n
Njarþar dóttor
ór Nóatúnom.

23. Ganga at garþe
gollhyrnþar kýr,
øxn alsvarter,
jǫtne at gamne.
fjǫlþ ák meiþma,
fjǫlþ ák menja,
einnar Freyjo
ávant þykkjomk.“

24. Vas þar at kvelde
of komet snimma
ok fyr jǫtna
ǫl fram boret.
einn át oxa,
átta laxa,
[kráser allar,
es konor skyldo,]
drakk Sifjar verr
sǫ́ld þrjú mjaþar.

25. Þá kvaþ þat Þrymr
þursa dróttenn:
„hvar sátt brúþer
bíta hvassara?
sáka brúþer
bíta breiþara,
né in meira mjǫþ
mey of drekka.“

26. Sat en alsnotra
ambǫ́tt fyrer,
es orþ of fann
viþ jǫtons mále:
„át vætr Freyja
átta nǫ́ttom;
svá vas hǫ́n óþfús
í jǫtonheima.“

27. Laut und líno,
lyste at kyssa,
en útan stǫkk
endlangan sal.
„hví ero ǫndótt
augo Freyjo?
þykkjomk ór augom
eldr of brenna.“

28. Sat en alsnotra
ambǫ́tt fyrer,
es orþ of fann
viþ jǫtons mále:
„svaf vætr Freyja
átta nǫ́ttom;
svá vas hǫ́n óþfús
í jǫtonheima.“

29. Inn kom en arma
jǫtna syster,
hins brúþféar
biþja þorþe:
„lát þér af hǫndom
hringa rauþa,
ef ǫþlask vill
áster mínar.
[áster mínar,
alla hylle.]

30. Þá kvaþ þat Þrymr,
þursa dróttenn:
„bereþ inn hamar
brúþe at vígja.

leggeþ Mjǫllne
í meyjar kné,
vígeþ okr saman
Várar hende."

31. Hló Hlóriþa
hugr í brjóste,
es harþhugaþr
hamar of þekþe.
Þrym drap fyrstan,
þursa drótten,
ok átt jǫtons
alla lamþe.

32. Drap ena ǫldno
jǫtna systor,
hins brúþféar
of beþet hafþe.
hǫ́n skell of hlaut
fyr skillinga,
en hǫgg hamars
fyr hringa fjǫlþ.
[svá kom Óþens sonr
endr at hamre.]

Alvíssmǫ́l.

Alvíss kvaþ:

1. Bekke breiþa,
nú skal brúþr meþ mér
heim í sinne snúask.
hratat of mæge
mon hverjom þykkja;
heima skal hvílþ nema.

Þórr kvaþ:

2. Hvat 's fira?
hví 'st svá fǫlr of nasar?
vast í nǫ́tt meþ ná?
þursa líke
þykkjomk á þér vesa.
estatt til brúþar borenn.

Alvíss kvaþ:

3. Alvíss heitk,
býk fyr jǫrþ neþan,
ák und steine staþ.
vagna vers
emk á vit komenn.
bregþet fǫsto heite firar.

Þórr kvaþ:

4. Ek mon bregþa,
þvít brúþar ák
flest of rǫ́þ sem faþer.
vaskat heima,
þás þér heiteþ vas,
† at sá einn er gjaufer
meþ goþom.

Alvíss kvaþ:

5. Hvat 's rekka,
es í rǫ́þom telsk
fljóþs ens fagrglóa?
fjarrafleina
— þik mono fáer kunna —
hverr hefr þik baugom
boret?

Þórr kvaþ:

6. Vingþórr heitk
hefk víþa ratat,
sonr emk Síþgrana.

at ósǫ́tt mínne
skalt et unga man
hafa ok gjaforþ geta.

Alvíss kvaþ:

7. Sátter þínar
vilk snemma hafa
ok þat gjaforþ geta.
eiga viljak,
heldr an ǫ́n vesa,
et mjallhvíta man.

Þórr kvaþ:

8. Meyjar ǫ́stom
mona þér verþa,
víse gestr, of varet,
ef ór heime kant
hverjom segja,
alt þats viljak vita.

9. Seg mér, Alvíss,
ǫll of rǫk fira
vǫromk, dvergr, at viter:
hvé jǫrþ heitr,
es liggr fyr alda sonom,
heime hverjom í?

Alvíss kvaþ:

10. Jǫrþ heitr meþ mǫnn-
om,
en meþ ǫ́som fold,
kalla vega vaner,
ígrœn jǫtnar,
alfar gróande,
kalla aur upregen.

Þórr kvaþ:

11. Seg mér, Alvíss,
ǫll of rǫk fira
vǫromk, dvergr, at viter:
hvé himenn heitr,
† erokendę,
heime hverjom í?

Alvíss kvaþ:

12. Himenn heitr meþ
mǫnnom,
en hlýrner meþ goþom,
kalla vindofne vaner,
uppheim jǫtnar,
alfar fagraræfr,
dvergar drjúpansal.

Þórr kvaþ:

13. Seg mér, Alvíss,
ǫll of rǫk fira
vǫromk, dvergr, at viter:
hvé máne heitr,
sás menn séa,
heime hverjom í?

Alvíss kvaþ:

14. Máne heitr meþ mǫnn-
om,
en mylenn meþ goþom,
kalla hverfanda [hvél]
heljo í,
skynde jǫtnar,
en skin dvergar,
kalla alfar ártala.

Þórr kvaþ:

15. Seg mér, Alvíss,
ǫll of rǫk fira
vǫromk, dvergr, at viter:
hvé sól heitr,
es séa alda syner,
heime hverjom í?

Alvíss kvaþ:

16. Sól heitr meþ mǫnnom,
en sunna meþ goþom,
kalla dvergar leika
Dvalens,
eygló jǫtnar,
alfar fagrahvél,
alskír ása syner.

Þórr kvaþ:

17. Seg mér, Alvíss,
ǫll of rǫk fira
vǫromk, dvergr, at viter:
hvé ský heita,
es skúrom blandask,
heime hverjom í?

Alvíss kvaþ:

18. Ský heitr meþ mǫnnom,
en skúrvǫ́n meþ goþom,
kalla vindflot vaner,
úrvǫ́n jǫtnar,
alfar veþrmegen,
kalla í heljo hjalm huleþs.

Þórr kvaþ:

19. Seg mér, Alvíss,
ǫll of rǫk fira
vǫromk, dvergr, at viter:
hvé vindr heitr,
es víþast ferr,
heime hverjom í?

Alvíss kvaþ:

20. Vindr heitr meþ mǫnn-
om,
en vǫ́foþr meþ goþom,
kalla gneggjoþ ginnregen,
œpe jǫtnar,
alfar dynfara,
kalla í heljo hviþoþ.

Þórr kvaþ:

21. Seg mér, Alvíss,
ǫll of rǫk fira
vǫromk, dvergr, at viter:
hvé logn heitr,
es liggja skal,
heime hverjom í?

Alvíss kvaþ:

22. Logn heitr meþ mǫnnom,
en læge meþ goþom,
kalla vindslot vaner,
ofhlý jǫtnar,
alfar dagseva,
kalla dvergar dagsvero.

Þórr kvaþ:

23. Seg mér, Alvíss,
ǫll of rǫk fira
vǫromk, dvergr, at viter:
hvé marr heitr,
es menn róa,
heime hverjom í?

Alvíss kvaþ:

24. Sær heitr meþ mǫnnom,
en sílægja meþ goþom,
kalla vág vaner,
álheim jǫtnar,
alfar lagastaf,
kalla dvergar djúpan mar.

Þórr kvaþ:

25. Seg mér, Alvíss,
ǫll of rǫk fira
vǫromk, dvergr, at viter:
hvé eldr heitr,
es brenn fyr alda sonom,
heime hverjom í?

Alvíss kvaþ:

26. Eldr heitr meþ mǫnnom,
en meþ ǫ́som fune,
kalla vág vaner,
frekan jǫtnar,
en forbrenne dvergar,
kalla í heljo hrǫþoþ.

Þórr kvaþ:

27. Seg mér, Alvíss,
ǫll of rǫk fira
vǫromk, dvergr, at viter:
hvé viþr heitr,
es vex fyr alda sonom,
heime hverjom í?

Alvíss kvaþ:

28. Viþr heitr meþ mǫnnom,
en vallar fax meþ goþom,
kalla hlíþþang haler,
elde jǫtnar,
alfar fagrlima,
kalla vǫnd vaner.

Þórr kvaþ:

29. Seg mér, Alvíss,
ǫll of rǫk fira
vǫromk, dvergr, at viter:
hvé nǫ́tt heitr,
en Nǫrve kenda,
heime hverjom í?

Alvíss kvaþ:

30. Nǫ́tt heitr meþ mǫnnom,
en njól meþ goþom,
kalla grímo ginregen,
óljós jǫtnar,
alfar svefngaman,
kalla dvergar draum-
njǫron.

Þórr kvaþ:

31. Seg mér, Alvíss,
ǫll of rǫk fira
vǫromk, dvergr, at viter:
hvé sáþ heitr,
es sá alda syner,
heime hverjom í?

Alvíss kvaþ:

32. Bygg heitr meþ mǫnnom,
en barr meþ goþom,
kalla vǫxt vaner,
æte jǫtnar,
alfar lagastaf,
kalla í heljo hnipenn.

Þórr kvaþ:

33. Seg mér, Alvíss,
ǫll of rǫk fira
vǫromk, dvergr, at viter:
hvé ǫl heitr,
es drekka alda syner,
heime hverjom í?

Alvíss kvaþ:

34. Ǫl heitr meþ mǫnnom,
en meþ ǫ́som bjórr,
kalla veig vaner,
hreinalǫg jǫtnar,
en í heljo mjǫþ,
kalla sumbl Suttungs
syner.

Þórr kvaþ:

35. Í eino brjóste
sák aldrege
fleire forna stafe.
miklom tǫ́lom
kveþk tældan þik:
uppe 'st, dvergr, of dagaþr!
[nú skínn sól í sale.]

Baldrs draumar.

1. Senn vǫro æser
aller á þinge,
ok ǫ́synjor
allar á mále,
ok of þat réþo
ríker tívar,
hví vere Baldre
baller draumar.

2. Upp reis Óþenn,
enn aldne gautr,
ok á Sleipne
sǫþol of lagþe.
reiþ niþr þaþan
niflheljar til,
mœtte hvelpe,
es ór heljo kom.

3. Sá vas blóþogr
of brjóst framan,
ok galdrs fǫþor
gól of lenge,
fram reiþ Óþenn,
— foldvegr dunþe —,
hann kom at hǫ́
Heljar ranne.

4. Þá reiþ Óþenn
fyr austan dyrr,
þars hann visse
vǫlvo leiþe.
nam vittogre
valgaldr kveþa,
unz nauþeg reis,
nás orþ of kvaþ:

5. „Hvat 's manna þat
mér ókunnra,
es hǫfomk auket
erfitt sinne?
vask sniven snjóve
ok slegen regne
ok drifen dǫggo,
dauþ vask lenge.“

Vegtamr kvaþ:

6. Vegtamr heitek,
emk Valtams sonr.
seg mér ór heljo,
ek ór heime mon.
hveim ero bekker
baugom sáner?
flet fagrlega
flóeþ es golle.

Vǫlva kvaþ:

7. Hér stendr Baldre
of bruggenn mjǫþr,
skírar veigar,
liggr skjǫldr yfer,
en ásmeger
í ofvæne.
nauþog sagþak,
nú monk þegja.

Vegtamr kvaþ:

8. Þegjat, vǫlva,
þik vilk fregna,
unz 's alkunna,
vilk enn vita:
hverr mon Baldre
at bana verþa,
ok Óþens son
aldre ræna?

Vǫlva kvaþ:

9. Hǫþr berr hǫ́van
hróþrbaþm þineg;

hann mon Baldre
at bana verþa,
ok Óþens son
aldre ræna.
nauþog sagþak,
nú monk þegja.

Vegtamr kvaþ:

10. þegjat, vǫlva,
þik vilk fregna,
unz 's alkunna,
vilk enn vita:
hverr mon heipt Heþe
hefnt of vinna,
eþa Baldrs bana
á bál vega?

Vǫlva kvaþ:

11. Rindr berr Vála
í Vestrsǫlom.
[sá mon Óþens sonr
einnættr vega]
hǫnd of þværat,
né hǫfoþ kember,
áþr á bál of berr
Baldrs andskota.
nauþog sagþak,
nú monk þegja.

Vegtamr kvaþ:

12. þegjat, vǫlva,
þik vilk fregna,
unz 's alkunna,
vilk enn vita:
hverjar 'ó meyjar,
es at mune gráta,
ok á himen verpa
halsa skautom?

* * *

Vǫlva kvaþ:

13. Estat Vegtamr,
sem ek hugþa,
heldr est Óþenn,
enn aldne gautr.

Vegtamr kvaþ:

Estat vǫlva,
né vís kona,
heldr est þriggja
þursa móþer.

Vǫlva kvaþ:

14. Heim ríþ, Óþenn,
ok hróþegr ves,
svát komeþ manna
meir aptr á vit,
es lauss Loke
líþr ór bǫndom,
ok ragnarǫk
rjúfendr koma.

Rigsþula.

Svá segja menn í fornom sǫgom, at einnhverr af ǫ́som, sá er Heimdallr hét, fór ferþar sinnar ok fram meþ sjóvarstrǫndo nǫkkurre, kom at einom húsabœ ok nefndez Rígr. Epter þeire sǫgo er kvæþe þetta.

1. (B. 1, 2 1-2.) Ár kóþo ganga
grœnar brauter
ǫflgan ok aldenn
ǿs kunnegan,
ramman ok rǫskvan
Ríg stíganda.
gekk meir at þat
miþrar brautar.

2. (B. 2 3-10.) Kom hann at húse,
hurþ vas á gætte.
inn nam at ganga,
eldr vas á golfe.
hjón sǿto þar
hǿr af árne,
Áe ok Edda
aldenfalda.

3. Rígr kunne þeim
rǿþ at segja
— — — —
— — — —.
meir settesk hann
miþra fletja,
en á hliþ hvára
hjón salkynna.

4. (B. 4 1-8.) Þá tók Edda
ǫkkvenn hleif,
þungan ok þykkvan,
þrungenn sǿþom.
bar hon meir at þat
miþra skutla,
soþ vas í bolla,
sette á bjóþ.

5. Rígr kunne þeim
rǿþ at segja.
reis upp þaþan,
réþsk at sofna.
meir lagþesk hann
miþrar rekkjo,
en á hliþ hvára
hjón salkynna.

6. (B. 6, 7.) Þar vas hann at þat
þríar nætr saman.
[gekk meir at þat
miþrar brautar]
liþo meir at þat
mǿnoþr nío.
jóþ ól Edda,
jóso vatne,
hǫrve svartan,
héto þræl.

7. (B. 8 3-10.) Vas þar á hǫndom
hrokket skinn,
kropner knúar
— — — —.
fingr digrer,
fúllegt andlit,
lotr hryggr,
langer hælar.

8. (B. 8 1-2, 9.) Hann nam at vaxa
ok vel dafna.
nam hann meir at þat
megens of kosta,
bast at binda,
byrþar gørva,
bar hann heim at þat
hrís gerstan dag.

9. (B. 10.) Þar kom at garþe
gengelbeina,
ǫrr vas á iljom,
armr sólbrunnenn
— — — —
— — — —
niþrbjúgt vas nef,
nefndesk þír.

10. (B. 11.) Meir settesk hón
miþra fletja,
sat hjá henne
sonr húss.
rœddo ok rýndo,
rekkjo gørþo,
þræll ok þír
þrungen dœgr.

11. (B. 12 1-8.) Bǫrn ólo þau,
bjoggo ok unþo,
hykk at héte
Hreimr ok Fjósner,
Klúrr ok Klegge,
Kefser, Fúlner,
Drumbr, Digralde,
Drǫttr ok Hǫsver.

12. (B. 12 9-14.) — — — —
— — — —,
Lútr ok Leggjalde
lǫgþo garþa,
akra tǫddo,
unno at svínom,
geita gætto,
grófo torf.

13. Dœtr vǫ́ro þær
Drumba ok Kumba,
Ǫkkvenkalfa
ok Arennefja,
Ysja ok Ambǫ́tt
Eikentjasna,
Tǫtroghypja
ok Trǫnobeina.
[þaþan ero komnar
þræla ætter.]

14. Gekk Rígr at þat
réttar brauter,
kom hann at hǫllo,
hurþ vas á skíþe.
inn nam at ganga,
eldr vas á golfe,
hjón sǫ́to þar,
heldo á sýslo.

15. Maþr telgþe þar
meiþ til rifjar,
vas skegg skapat,
skǫr vas fyr enne,
— — — —
— — — —,
skyrto þrǫngva,
skokkr vas á golfe.

16. (B. 16 1-8.) Sat þar kona,
sveigþe rokk,
breidde faþm,
bjó til váþar,
sveigr vas á hǫfþe,
smokkr vas á bringo,
dúkr vas á halse,
dvergar á ǫxlom.

17. (B. 16 9-10, 17.) Afe ok Amma
ǫ́tto hús.
Rígr kunne þeim
rǫ́þ at segja.
meir settesk hann
miþra fletja,
en á hliþ hvára
hjón salkynna.

18. (B. 18. 4 9-10.) þá tók Amma
* * *
vas kalfr soþenn,
krása baztr.

19. Rígr kunne þeim
rǫ́þ at segja,
reis frá borþe
réþ at sofna.
meir lagþesk hann
miþrar rekkjo,

en á hliþ hvára
hjón salkynna.

20. (B. 20, 21 1-4.) þar vas hann at þat
þríar nætr saman,
liþo meir at þat
mǿnoþr nío.
jóþ ól Amma,
jóso vatne,
kǫlloþo Karl,
kona sveip ripte.

21. (B. 21 5-6.)
* * *
rauþan ok rjóþan,
riþoþo augo.

22. Hann nam at vaxa
ok vel dafna,
øxn nam at temja,
arþr at gørva,
hús at timbra
ok hlǫþor smíþa,
karta at gørva
ok keyra plóg.

23. (B. 23 1-6, 9-10.) Heim óko þá
hangenluklo,
geitakyrtlo,
gipto Karle.
Snǫr heiter sú,
settesk und ripte,
breiddo blæjor
ok bú gørþo.

24. Bǫrn ólo þau,
— bjoggo ok unþo —
hét Halr ok Drengr,
Hauldr, þegn ok Smiþr,
Breiþr, Bónde,
Bundenskegge,
Búe ok Bodde,
Brattskeggr ok Seggr.

25. Enn héto svá
ǫþrom nǫfnom:
Snót, Brúþr, Svanne,
Svarre, Sprakke,
Fljóþ, Sprund ok Víf,
Feima, Ristell.
þaþan ero komnar
karla ætter.

26. (B. 26, 27 1-2.) Gekk Rígr þaþan
réttar brauter,
kom hann at sal,
suþr horfþo dyrr,
vas hurþ hnigen,
hringr vas í gætte.
gekk hann inn at þat,
golf vas stráat.

27. (B. 27 3-6, 28 1-4.)
Sǿto hjón,
sǿsk í augo,
Faþer ok Móþer,
fingrom léko.
sat húsgume
ok snere streng,
alm of bende,
ǫrvar skepte.

28. (B. 28 5-8, 29 1-4.)
En húskona
hugþe at ǫrmom,
strauk of ripte,
sterte ermar,
keiste fald,
kinga vas á bringo,
síþar slœþor,
serk bláfáan.

29. (B. 30.) Rígr kunne þeim
rǫ́þ at segja
— — — —
— — — —.
meir settesk hann
miþra fletja,
en á hliþ hvára
hjón salkynna.

30. (B. 31.) þá tók Móþer
merkþan dúk,
hvítan af hǫrve,
hulþe bjóþ.
hǫ́n tók at þat
hleifa þunna,
hvíta af hveite,
ok hulþe dúk.

31. (B. 32.) Fram sette hón
fulla skutla,
[silfre varþa á bjóþ]
fáen fleske
ok fogla steikþa.
vín vas í kǫnno,
varþer kálkar,
drukko ok dœmþo,
dagr vas á sinnom.

32. (B. 33 1-4.) Rígr kunne þeim
rǫ́þ at segja,
reis Rígr at þat,
rekkjo gørþe.
meir lagþesk hann
miþrar rekkjo,
en á hliþ hvára
hjón salkynna.

33. (B. 33 5-10, 34 1-4.)
þar vas hann at þat
þríar nætr saman,
[gekk hann meir at þat
miþrar brautar].
liþo meir at þat
mǫ́noþr nío.
svein ól Móþer,
silke vafþe,
jóso vatne,
Jarl léto heita.

34. (B. 34 5-8.)
* * *
bleikt vas hár,
bjarter vangar,
ǫtol vǫro augo
sem yrmlinge.

35. Upp óx þar
Jarl á fletjom,
lind nam at skelfa,
leggja strenge,
[alm at beygja,
ǫrvar skepta,
flein at fleygja,
frǫkkor dýja].
hestom ríþa,
hundom verpa,
sverþom bregþa,
sund at fremja.

36. Kom þar ór runne
Rígr gangande,
Rígr gangande,
rúnar kende.
sítt gaf heite,
son kvaþsk eiga,
þann baþ hann eignask
óþalvǫllo.
[óþalvǫllo,
aldnar bygþer.]

37. Reiþ meir þaþan
myrkvan viþ,
hélog fjǫll,
unz at hǫllo kom.

[skapt nam at dýja,
skelfþe lind,
heste hleypþe
ok hjǫrve brá.]
víg nam at vekja,
vǫll nam at rjóþa,
val nam at fella,
vá til landa.

38. Réþ einn at þat
átján búom,
auþ nam at skipta,
ǫllom veita
meiþmar ok mǫsma,
mara svangrifja,
hringom hreytte,
hjó sundr baug.

39. Óko ærer
úrgar brauter,
kómo at hǫllo
þars Herser bjó.
mey átte hann
mjófingraþa,
hvíta ok horska,
hét sú Erna.

40. Bǫ́þo hennar
ok heim óko,
gipto jarle,
gekk hón und líne.
saman bjoggo þau
ok sér unþo,
ætter jóko
ok aldrs nuto.

41. (B. 41 1-8.) Burr vas enn elzte,
en Barn annat,
Jóþ ok Aþal,
Arfe, Mǫgr,
Niþr ok Niþjungr,
— nǫ́mo leika —
Sonr ok Sveinn,
— sund ok tafl —.

42. (B. 41 9-10, 42.) Kundr hét enn,
Konr vas enn yngste.
upp óxo þar
Jarle borner,
hesta tǫmþo,
hlífar bendo,
skeyte skófo,
skelfþo aska.

43. En Konr ungr
kunne rúnar,
ævenrúnar
ok aldrrúnar,
meir kunne hann
mǫnnom bjarga,
eggjar deyfa,
æge lægja.

44. Klǫk nam fogla,
kyrra elda,
seva of svefja,
sorger lægja,
— — — —
— — — —
afl ok eljon
átta manna.

45. Hann viþ Ríg jarl
rúnar deilde,
brǫgþom beitte
ok betr kunne.
þá ǫþlaþesk
ok eiga gat
Rígr at heita,
rúnar kunna.

46. Reiþ Konr ungr
kjǫrr ok skóga,
kolfe fleygþe,
kyrþe fogla.
* * *

47. Þá kvaþ kráka,
— sat kviste ein —:
„Hvat skalt Konr ungr
kyrra fogla?
heldr mætte þér
hestom ríþa,
hjǫrom of bregþa
ok her fella.

48. Á Danr ok Danpr
dýrar haller,
œþra óþal,
en ér hafeþ.
þeir kunno vel
kjól at ríþa,
egg at kenna,
under rjúfa.
* * *

49. (B. 23 7-8.) Bjoggo hjón,
bauga deildo
* * *

50. (B. 29 5-8.) brún bjartare,
brjóst ljósara,
hals hvítare
hreinne mjǫllo.
* * *

Hyndloljóþ.

Freyja kvaþ:

1. Vake, mær meyja,
vake, mín vina,
Hyndla syster,
es í helle býr.
nú 's røkr røkra,
ríþa vit skolom
til Valhallar
ok vés heilags.

2. Biþjom Herjafǫþr
í hugom sitja.
hann geldr ok gefr
goll verþungo.
gaf hann Hermóþe
hjalm ok brynjo,
en Sigmunde
sverþ at þiggja.

3. Gefr sigr sumom,
en sumom aura,
mælsko mǫrgom
ok manvit firom.
byre gefr brǫgnom,
en brag skǫldom,
gefr manseme
mǫrgom rekke.

4. (B. 4, 5 1-4.) Þór mon blóta,
þess mon biþja,
at æ viþ þik
einart láte.
[þó 's hǫnom ótítt
viþ jǫtons brúþer.]
nú tak ulf þinn
einn af stalle,
lát hann renna
meþ runa mínom.

(B. 5 5-8.) [Seinn es gǫltr þínn
goþveg troþa,
vilkat mar mínn
mætan hlœþa.]

Hyndla kvaþ:

5. (B. 6.) Flǿ est, Freyja,
es freistar mín,
vísar augom
á oss þanneg,
es hafer ver þínn
í valsinne
Óttar unga
Innsteins bur.

Freyja kvaþ:

6. (B. 7, 8.) Dulen est, Hyndla,
draums ætlak þér,
es kveþr ver mínn
í valsinne.
[þars gǫltr glóar
Gollenburste,
Hildesvíne,
es hager gørþomk
dvergar tveir
Dáenn ok Nabbe.]
senn í sǫþlom
sitja vit skolom,
ok of jǫfra
ætter dœma.
[gumna þeira,
es frá goþom kómo.]

7. (B. 9.) þeir hafa veþjat
Vála malme
Óttarr unge
ok Angantýr.
skylt 's at veita
svát skate enn unge
fǫþorleifþ hafe
ept frændr sína.

8. (B. 10.) Hǫrg mér gørþe
of hlaþenn steinom,
nú es grjót þat
at glere orþet.
rauþ hann í nýjo
nauta blóþe,
æ trúþe Óttarr
á ǿsynjor.

Hyndla kvaþ:

9. (B. 46.) Snú braut heþan,
sofa lyster mik.
fær fátt af mér
fríþra kosta.
hleypr þú Óþs vina
úte á nǿttom,
sem meþ hǫfrom
Heiþrún fare.

10. (B. 47.) Rant at Óþe
ey þreyjande.
skutosk þér fleire
und fyrerskyrto.
hleypr þú Óþs vina
úte á nǿttom,
sem meþ hǫfrom
Heiþrún fare.

Freyja kvaþ:

11. (B. 48, 49 1-4.) Ek slæ elde
of íviþjo,
svát eige kømsk
óbrend heþan.

Hyndla kvaþ:

Hyr sék brenna,
en hauþr loga.
verþa flester
fjǫrlausn þola.

Freyja kvaþ:

12. (B. 11.) Nú lát forna
niþja talþa,

ok upp bornar
ætter manna.
[hvat 's Skjǫldunga
hvat 's Skilfinga,
hvat 's Ylfinga]
hvat 's hauldboret,
hvat 's hersboret
mest manna val
und Miþgarþe?

Hyndla kvaþ:

13. (B. 12.) Þú est, Óttarr,
borenn Innsteine,
en Innsteinn vas
Alfe enom gamla,
Alfr vas Ulfe,
Ulfr Sæfara,
en Sæfare
Svan enom rauþa.

14. (B. 13.) Móþor átte faþer þínn
menjom gǫfga.
hykk at héte
Hlédís gyþja.
Fróþe vas faþer þeirar,
en Fríund móþer.
ǫll þótte ætt sú
meþ yfermǫnnom.

15. (B. 14.) Ále vas áþr
ǫflgastr manna,
Halfdanr fyrre,
hæstr Skjǫldunga.
fræg vǫro folkvíg,
es framr gørþe.
hvarfa þótto verk
meþ himenskautom.

16. (B. 15.) Efldesk viþ Eymund
œztan manna,
en vá Sigtrygg
meþ svǫlom eggjom.
eiga gekk Almveig,
œzta kvenna,
ólo ok ǫtto
átján sono.

(B. 16.) [þaþan ero Skjǫldungar,
þaþan ero Skilfingar,
þaþan Ǫþlingar,
þaþan Ynglingar,
þaþan hauldboret,
þaþan hersboret
mest manna val
und Miþgarþe
[alt 's þat ætt þín
Óttarr heimske.]]

17. Vas Hildegunnr
hennar móþer,
Svǫfo dótter
ok sækonungs
— — — —
— — — —
alt 's þat ætt þín
Óttarr heimske.
[varþe at vite svá,
vilt enn lengra.]

18. Dagr átte þóro
drengja móþor.
ólosk í ætt þar
œzter kappar:
Fráþmarr ok Gyrþr
ok Frekar báþer,
Ámr, Jǫsormarr,
Alfr enn gamle.
[varþar at vite svá,
vilt enn lengra.]

19. Ketell hét vinr þeira,
Klyps arfþege.
vas hann móþorfaþer
móþor þinnar.
þar vas Fróþe
fyrr an Káre,
en Hilde vas
Halfr of getenn.

20. Nanna vas næst þar
Nǫkkva dótter,
vas mǫgr hennar
mágr þíns fǫþor.
fyrnd es sú mægþ,
fram telk lengra.
[Kunnak báþa
Brodd ok Hǫrve]
alt 's þat ætt þín
Óttarr heimske.

21. Ísolfr, Ǫsolfr
Ǫlmóþs syner
ok Skúrhildar
Skekkels dóttor.
skalt til telja
skatna margra.
alt 's þat ætt þín
Óttarr heimske.

22. (B. 23.) Hervarþr, Hjǫrvarþr,
Hrane, Angantýr,
Búe ok Bráme,
Barre ok Reifner,
Tindr ok Tyrfingr,
tveir Haddingjar.
alt 's þat ætt þín
Óttarr heimske.

23. (B. 24.) þeir í Bolm austr
borner vǫ́ro,
Arngríms syner
ok Eyfuro.
brǫkon vas berserkja,
bǫl margs konar
of lǫnd ok of lǫg,
sem loge fœre.
[alt 's þat ætt þín
Óttarr heimske.]

24. (B. 22, 25 1-4.)
Gunnarr bǫlkr,
Grímr arþskafe,
jarnskjǫldr Þórer,
Ulfr gínande.
Kunnak báþa
Brodd ok Hǫrve,
vǫ́ro þeir í hirþ
Hrólfs ens gamla.

* * *

25. (B. 28 9-10, 25 5-10.)
Þeir vǫro gumnar
goþom signaþer,
aller borner
Jǫrmonrekke,
Sigurþar máge,
hlýþ sǫgo mínne,
folkom grims,
þess 's Fáfne vá.

26. Sá vas víse
frá Vǫlsunge,
ok Hjǫrdís
frá Hrauþunge,
en Eylime
frá Ǫþlingom.
alt 's þat ætt þín
Ottarr heimske.

27. Gunnarr ok Hǫgne
Gjúka arfar

ok et sama Goþrún
syster þeira.
eige vas Gotþormr
Gjúka ættar.
[þó vas hann bróþer
beggja þeira.]
alt 's þat ætt þín
Óttarr heimske.

28. (B. 32 1-4.) Hake vas Hveþno
hóts baztr sona,
en Hveþno vas
Hjǫrvarþr faþer.

* * *

29. (B. 28 1-8, 11-12.)
Haraldr hildetǫnn,
borenn Hrærekе
slǫngvanbauga,
sonr vas Auþar.
Auþr djúpúþga
Ívars dótter,
en Ráþbarþr vas
Randvés faþer.
[alt 's þat ætt þín
Óttarr heimske.]

* * *

Freyja kvaþ:

30. (B. 45.) Berk minnes ǫl
mínom geste,
svát ǫll mune
orþ at tína
þessar rœþo
á þriþja morne,
es þeir Angantýr
ætter rekja.

Hyndla kvaþ:

31. (B. 49 5-8.) Ber þú Óttare
bjór at hende
eitrblandenn mjǫk
illo heille.

* * *

Freyja kvaþ:

32. (B. 50.) Orþheill þín skal
engo ráþa,
þótt, brúþr jǫtons,
bǫlve heiter.
hann skal drekka
dýrar veigar.
biþk Óttare
ǫll goþ duga.

Vǫlospǫ́ en skamma.

1. (Hyndl. B. 29.) Vǫ́ro ellifo
æser talþer,
es Baldr of hné
viþ banaþúfo.
þess lézk Vále
verþr at hefna,
síns hann bróþor
sló handbana.
[alt 's þat ætt þín
Óttarr heimske.]

2. (B. 30.) Vas Baldrs faþer
Bors arfþege,
Freyr átte Gerþe,
hón vas Gymes dótter.

[jǫtna ættar
ok Aurboþo]
þó vas Þjaze
þeira frænde
skautgjarn jǫtonn,
hans vas Skaþe dótter.

3. (B. 31.) *Mart segjom þér,*
ok monom fleira.
vǫromk at vite svá.
vilt enn lengra?

4. (B. 32 5-6.)
* * *
Heiþr ok Hrossþjófr
Hrímnes kindar.

5. (B. 33.) Ero vǫlor allar
frá Vittolfe,
vitkar aller
frá Vilmeiþe,
seiþberendr
frá Svarthǫfþa,
jǫtnar aller
frá Yme komner.

6. (B. 34.) *Mart segjom þér,*
ok monom fleira.
vǫromk at vite svá.
vilt enn lengra?

7. (B. 35.) Varþ einn borenn
í árdaga
rammaukenn mjǫk
rǫgna kindar.
nío bǫ́ro þann
naddgǫfgan mann
jǫtna meyjar,
viþ jarþar þrǫm.

(B. 36.) [*Mart segjom þér,*
ok monom fleira.
vǫromk at vite svá.
vilt enn lengra?]

8. (B. 37.) Hann Gjǫlp of bar,
hann Greip of bar,
bar hann Eistla
ok Eyrgjafa,
hann bar Ulfrún
ok Angeyja,
Ímdr ok Atla
ok Járnsaxa.

9. (B. 38) Sá vas aukenn
jarþar magne,
svalkǫldom sæ
ok sonar dreyra.

10. (B. 39.) *Mart segjom þér,*
ok monom fleira.
vǫromk at vite svá.
vilt enn lengra?

11. (B. 40.) Ól ulf Loke
viþ Angrboþo,
en Sleipne gat
viþ Svaþelfara.
eitt þótte skars
allra feiknast,
þat vas bróþor frá
Býleists komet.

12. (B. 41.) Loke át hjarta,
linde brendo
fann halfsviþenn
hugstein kono.
varþ Loptr kviþogr
af kono illre.
þaþan 's á foldo
flagþ hvert komet.

13. (B. 42) Haf gengr hríþom
viþ himen sjalfan,
líþr lǫnd yfer,
en lopt bilar.
þaþan koma snjóvar
ok snarer vindar,
þá 's í ráþe,
at rǫgn of þrjóte.

14. (B. 43.) Varþ einn borenn
ǫllom meire.
sá vas aukenn
jarþar magne.
þann kveþa stille
stórúþgastan,
sif sifjaþan
sjǫtom gǫrvǫllom.

15. (B. 44) þá kemr annarr
enn mǿtkare,
þó þorek eige
þann at nefna.
fáer séa nú
fram of lengra,
an Óþenn mon
ulfe mœta.

Vǫlundarkviþa.

Frá Vǫlunde.

Níþuþr hét konungr í Svíþjóþ. Hann átte tvá sono ok eina dóttor; hón hét Bǫþvildr. Brœþr vǿro þrír, syner Finnakonungs. Hét einn Slagfiþr, annarr Egell, þriþe Vǫlundr. þeir skriþo ok veiddo dýr. þeir kómo í Ulfdale ok gørþo sér þar hús. þar er vatn, er heiter Ulfsjár. Snemma of morgen fundo þeir á vazstrǫndo konor þrjár, ok spunno lín. þar vǿro hjá þeim alptarhamer þeira. þat vǿro valkyrjor. þar vǿro tvær dœtr Hlǫþvess konungs, Hlaþguþr svanhvít ok Hervǫr alvitr, en þriþja var Ǫlrún Kjársdótter af Vallande. þeir hǫfþo þær heim til skála meþ sér. Fekk Egell Ǫlrúnar, en Slagfiþr Svanhvítrar, en Vǫlundr Alvitrar. þau bjoggo sjau vetr. þá flugo þær at vitja víga ok kómo eige aptr. þá skreiþ Egell at leita Ǫlrúnar, en Slagfiþr leitaþe Svanhvítrar, en Vǫlundr sat í Ulfdǫlom. Hann var hagastr maþr, svá at menn vite í fornom sǫgom. Níþuþr konungr lét hann hǫndom taka, svá sem hér er um kveþet.

Frá Vǫlunde ok Níþaþe.

1. Meyjar flugo sunnan
myrkviþ gǫgnom,
almvitr ungar,
ørlǫg drýgja.
á sævarstrǫnd
settosk at hvílask
dróser suþrœnar,
dýrt lín spunno.

2. (B. 2 1-4.)
* * *
Ein nam þeira
Egel at verja
fǫgr mær fira
faþme ljósom.

3. (B. 2 5-12.) Ǫnnor vas Svanhvít,
svanfjaþrar dró,
— — — —
— — — —.
en en þriþja
þeira syster
varþe hvítan
hals Vǫlundar.

4. (B. 3.) Sǿto síþan
sjau vetr at þat,
en enn átta
allan þrǿþo,
en enn níunda
nauþr of skilþe,
meyjar fýstosk
á myrkvan viþ.
[Alvitr unga
ørlǫg drýgja.]

5. (B. 4 1-6.) Kom þar af veiþe
veþreygr skyte,
Vǫlundr líþande
of langan veg,
Slagfiþr ok Egell,
sale fundo auþa,
gengo út ok inn.
ok umb sǿosk.

6. (B. 4 7-10, 5 1-4.)
Austr skreiþ Egell
at Ǫlrúno,
en suþr Slagfiþr
at Svanhvíto.
en einn Vǫlundr
sat í Ulfdǫlom.
hann sló goll rautt
viþ gim fastan.

7. (B. 5 5-10.)
— — — —
— — — —,
lukþe alla
lind baugom vel.
svá nam at bíþa
sínnar ljóssar
kvánar, ef hǫ́nom
of koma gerþe.

8. (B. 6.) Þat spyrr Níþuþr,
Níara dróttenn,
at einn Vǫlundr
sat í Ulfdǫlom.
nǿtt fóro segger,
negldar brynjor,
skilder bliko þeira
viþ skarþan mána.

9. (B. 7.) Stigo ór sǫþlom
at salar gafle,
gengo inn þaþan
endlangan sal.

sǫ́o þeir á bast
bauga dregna,
sjau hundroþ allra,
es seggr átte.

10. (B 8.) Ok af tóko,
ok á léto,
fyr einn útan,
es af léto,
kom þar af veiþe
veþreygr skyte,
Vǫlundr líþande
of langan veg.

11. (B. 9. 10.) Gekk brátt inne
bero hold steikja.
ár brann hríse
allþurro fúrr.
[viþr enn vindþurre
fyr Vǫlunde.]
sat á berfjalle,
bauga talþe
alfa ljóþe,
eins saknaþe.
[hugþe at hefþe
Hlǫþvess dótter,
Alvitr unga,
være aptr komen.]

12. (B. 11.) Sat svá lenge,
at sofnaþe,
ok viljalauss
of vaknaþe.
visse á hǫndom
hǫfgar nauþer,
en á fótom
fjǫtor of spentan.

Vǫlundr kvaþ:

13. (B. 12. 13.) Hverer 'ó jǫfrar,
es á lǫgþo
bestesíma,
ok bundo mik?
[Kallaþe Níþuþr
Níara dróttenn.]
„Hvar gazt Vǫlundr,
víse alfa,
óra aura
í Ulfdǫlom?“.

Vǫlundr kvaþ:

14. Goll vas eige
á Grana leiþo;
fjarre 's várt land
fjǫllom Rínar.
mank at meire
mæte ǫ́ttom,
es vér heil hjú
heima vǫ́rom.

(B. 15.) [Hlaþguþr ok Hervǫr
vas Hlǫþve boren,
kunn vas Ǫlrún
Kiars dótter.]

15. (B. 16.) Úte stóþ kunneg
kvǫ́n Níþaþar.
hǫ́n inn of gekk
endlangan sal.
stóþ á golfe,
stilte rǫddo:
„esa sá nú hýrr,
es ór holte ferr.“

Níþuþr konungr gaf dóttor sinne Bǫþvilde gollhring þann, er hann tók af bastino at Vǫlundar. En hann sjalfr bar sverþet, er Vǫlundr átte, en drotning kvaþ:

16. (B. 17.) Ǫ́mon ero augo
orme frǿnom,
tenn hǫnom teygjask,
es téþ es sverþ.
[ok Bǫþvildar
baug of þekker]
sníþet hann sina
sinna magne.
seteþ hann síþan
í Sævarstǫþ.

Svá var gǫrt, at skornar vǫ́ro sinar í knésfótom, ok settr í hólm einn, er þar var fyr lande, er hét Sævarstaþr. Þar smíþaþe hann konunge alls kyns gørsimar. Enge maþr þorþe at fara til hans, nema konungr einn. Vǫlundr kvaþ:

17. (B. 18.) Sék Níþaþe
sverþ á linda,
þats ek hvesta,
sem hagast kunnak,
ok ek herþa,
sem hœgst þóttomk.
sá 's mér fránn mæker
æ fjarre borenn.
[séka þann Vǫlunde
til smiþjo borenn.

(B. 19.) Nú berr Bǫþvildr
brúþar mínnar,
bíþka þess bót,
bauga rauþa.]

18. (B. 20.) Sat, ne svaf, ofvalt
ok sló hamre.
vél gerþe heldr
hvatt Níþaþe.
drifo unger tveir
á dýr séa
syner Níþaþar
í Sævarstǫþ.

19. (B. 21.) Kómo til kisto,
krǫfþo lukla.
open vas illúþ
es í sǿo.
fjǫl vas þar meina,
es mǫgom sýndesk
at vere goll rautt
ok gørsimar.

Vǫlundr kvaþ:

20. (B. 22.) Komeþ einer tveir
komeþ annars dags.
ykr lætk þat goll
of gefet verþa.
segeþa meyjom
né salþjóþom,
manne engom,
at mik fyndeþ.

21. (B. 23.) Snemma kallaþan
seggr lét annan,
bróþer bróþor:
„gǫngom baug séa.“
Kómo til kisto,
krǫfþo lukla.
open vas illúþ,
es í lito.

22. (B. 24.) Sneiþ af hǫfoþ
húna þeira,
ok und fen fjǫtors
fœtr of lagþe.

en þær skálar,
es und skǫrom vǫ́ro,
sveip útan silfre,
selde Níþaþe.

23. (B. 25.) En ór augom
jarknasteina,
sende kunnegre
kvǫ́n Níþaþar,
en ór tǫnnom
tveggja þeira
sló brjóstkringlor,
sende Bǫþvilde.

24. (B. 26.) Þá nam Bǫþvildr
bauge at hrósa
* * *
es brotet hafþe.
„Þoregak segja,
nema þér einom."

Vǫlundr kvaþ:

25. (B. 27.) Ek bœte svá
brest á golle,
at feþr þínom
fegre þykker,
ok mœþr þínne
miklo betre,
ok sjalfre þér
at sama hófe.

26. (B. 28.) Bar hana bjóre,
hann betr kunne,
svát í sesse
of sofnaþe.
„Nú hef ek hefnt
harma mínna
allra nema einna
íviþgjǫrnom.

27. (B. 29.) Vel ek, kvaþ
Vǫlundr,
verþak á fitjom,
þeims mik Níþaþar
nǫ́mo rekkar."
hlæjande Vǫlundr
hófsk at lopte.
grátande Bǫþvildr
gekk ór eyjo.
[tregþe fǫr friþels
ok fǫþor reiþe.]

28. (B. 30.) Úte stóþ kunneg
kvǫ́n Níþaþar.
hǫ́n inn of gekk
endlangan sal;
en hann á salgarþ
settesk at hvílask:
„vaker þú, Níþuþr,
Níara dróttenn?".

Níþuþr kvaþ:

29. (B. 31.) Vake ek ofvalt
of viljalauss.
sofna ek minst
síz sono dauþa.
kell mik í hǫfoþ,
kǫld eromk rǫ́þ þín.
vilnomk þess nú,
at viþ Vǫlund dœmak.

30. (B. 32.)
* * *
Seg mér, Vǫlundr,
víse alfa,
af heilom hvat varþ
húnom mínom?

Vǫlundr kvaþ:

31. (B. 33.) Eiþa skalt mér áþr
alla vinna,

[at skips borþe
ok skjaldar rǫnd,
at mars bœge
ok mækes egg,]
at þú kveljat
kvǫ́n Vǫlundar,
[né brúþe mínne
at bana verþer]
þótt kvǫ́n eigem,
þás ér kunneþ,
eþa jóþ eigem
innan hallar.

32. (B. 34.) Gakk til smiþjo,
es gerþer þú,
þar fiþr belge
blóþe stokna
sneiþk af hǫfoþ
húna þinna,
ok und fen fjǫtors
fœtr of lagþak.

33. (B. 35.) En þær skálar,
es und skǫrom vǫ́ro,
sveipk útan silfre,
seldak Níþaþe.
en ór augom
jarknasteina,
sendak kunnegre
kvǫ́n Níþaþar.

34. (B. 36.) En ór tǫnnom
tveggja þeira
slók brjóstkringlor,
sendak Bǫþvilde.
nú gengr Bǫþvildr
barne auken,
engadótter
ykkor beggja.

Níþuþr kvaþ:

35. (B. 37.) Mæltera mál,
es mik meir trege,
né þik viljak Vǫlundr,
verr of níta.
esa svá maþr hǫ́r,
at þik af heste take,
né svá ǫflogr,
at þik neþan skjóte.
[þars þú skoller
viþ ský uppe.]

36. (B. 38.) Hlæjande Vǫlundr
hófsk at lopte,
en ókátr Níþuþr
þá epter sat.

* * *

Níþuþr kvaþ:

37. (B. 39.) Upp rís, Þakráþr,
þræll mínn bazte,
— — — —
— — — —:
biþ Bǫþvilde,
mey bráhvíta,
gange fagrvareþ
viþ fǫþor rœþa.

38. (B. 40.) Es satt, Bǫþvildr,
þats sǫgþo mér?
sǫ́toþ it Vǫlundr
saman í holme?

Bǫþvildr kvaþ:

39. (B. 41.) [Satt es, Níþuþr,
þats sǫgþo þér.]
Sǫ́to vit Vǫlundr
saman í holme
eina ǫgorstund,
æva skylde.

ek vætr hǫ́nom
vinna kunnak;
ek vætr hǫ́nom
vinna máttak.

Gróttasǫngr.

1. Nú ero komnar
til konungs húsa
framvísar tvær
Fenja ok Menja.
þær 'ó at Fróþa
Friþleifssonar
mǫ́tkar meyjar
at mane hafþar.

2. þær at lúþre
leiddar vǫ́ro,
ok grjóts gréa
gangs of beiddo.
hét hváregre
hvílþ né ynþe,
áþr hann heyrþe
hljóm ambátta.

3. þær þyt þulo
— — — —
— — — —
þǫgnhorfennar:
„leggjom lúþra,
léttom steinom."
baþ enn meyjar
at mala skyldo.

4. Sungo ok slungo
snúþgasteine,
svát Fróþa man
flest sofnaþe.
— — — —
— — — —
þá kvaþ Menja,
vas til meldrs komen:

5. „Auþ mǫlom Fróþa,
mǫlom alsælan,
ok fjǫl féar
á fegenslúþre.
site hann á auþe,
sofe hann á dúne,
vake hann at vilja,
þá 's vel malet.

6. Hér skyle enge
ǫþrom granda,
til bǫls búa
né til bana orka.
né hǫggva því
hvǫsso sverþe,
þótt bana bróþor
bundenn finne."

7. — — — —
— — — —,
en hann kvaþ ekke
orþ et fyrra:
„sofet eige lengr
en of sal gaukar,
eþa lengr en svá
ljóþ eitt kveþak.“

8. „Vasat þú, Fróþe,
fullspakr of þik,
málvinr manna,
es man keypter.
kaust þú at afle
ok at álitom,
en at ætterne
ekke spurþer.

9. Harþr vas Hrungner
ok hans faþer,
þó vas Þjaze
þeim ǫflgare.
Iþe ok Ǫrner
okrer niþjar,
brœþr bergrisa,
þeim bornar erom.

10. Kœmea Grótte
ór gréa fjalle,
né sá enn harþe
hallr ór jǫrþo,
né mœle svá
mær bergrisa,
ef vissem vit
vætr til hennar.

11. Vér vetr níu
vǫ́rom leikor,
ǫflgar alnar
fyr jǫrþ neþan.
stóþom meyjar
at megenverkom.
fœrþom sjalfar
setberg ór staþ.

12. Veltom grjóte
of garþ risa,
svát fold fyrer
fór skjalfande.
svá slǫngþom vit
snúþgasteine,
hǫfgahalle,
at haler tóko.

13. En vit síþan
á Svíþjóþo
framvísar tvær
í folk stigom.
sneiddom brynjor,
en brutom skjǫldo,
gengom gǫgnom
gráserkjat liþ.

14. Steypþom stille,
studdom annan,
veittom góþom
Gotþorme liþ.
— — — —
— — — —.
vasa kyrrseta,
áþr Knúe felle.

15. Fram heldom því
þau missere,
at vit at kǫppom
kendar vǫ́rom.
þar skorþom vit
skǫrpom geirom
blóþ ór benjom
ok brand ruþom.

16. Nú erom komnar
til konungs húsa
miskunnlausar,
ok at mane hafþar,
aurr etr iljar,
en ofan kulþe,
drǫgom dolgs sjǫtol,
daprt 's at Fróþa.

17. Hendr skolo hvílask,
hallr standa mon,
malet hefk fyr mik,
mítt of létte.
nú mona hǫndom
hvílþ vel gefa,
áþr fullmalet
Fróþa þykke.

18. Hendr skolo hǫlþa
harþar trjónor
vǫ́pn valdreyrog,
vake þú, Fróþe.
vake þú, Fróþe,
ef vill hlýþa
sǫngom okrom
ok sǫgom fornom.

19. Eld sék brenna
fyr austan borg,
vígspjǫll vaka,
þat mon vite kallaþr.
mon herr koma
hineg af bragþe,
ok brenna bœ
fyr buþlunge.

20. Monat þú halda
Hleiþrar stóle,
rauþom hringom,
né regengrjóte.
tǫkom á mǫndle
mær skarpara,
† eroma valmar
í valdreyra.

21. Mól míns fǫþor
mær ramlega.
hǫ́n feigþ fira
fjǫlmargra sá.
stukko stórar
steþr frá lúþre
járne varþar,
mǫlom enn framar.

22. Mǫlom enn framar.
mon Yrsu sonr
vígs Halfdanar
hefna Fróþa.
sá mon hennar
heitenn verþa
burr ok bróþer,
vitom báþar þat."

23. Mólo meyjar
megens kostoþo,
vǫ́ro ungar
í jǫtonmóþe.
skulfu skaptré,
skauzk lúþr ofan,
hraut enn hǫfge
hallr sundr í tvau.

24. En bergrisa
brúþr orþ of kvaþ
— — — —
— — — —:
„Malet hǫfom Fróþe,
senn monom hætta,
hafa fullstaþet
fljóþ at meldre."

Grógaldr.

Svipdagr kvaþ:

1. Vake þú, Gróa,
vake, góþ kona,
vekk þik dauþra dura,
ef þat mant,
at þínn mǫg bæþer
til kumbldysjar koma.

Gró kvaþ:

2. Hvat 's nú ant
mínom engasyne?
hverjo est bǫlve borenn?
es móþor kallar,
es til moldar es komen
ok ór ljóþheimom liþen.

Svipdagr kvaþ:

3. Ljóto leikborþe
skaut fyr mik lævís kona,
sús faþmaþe mínn fǫþor.
þar baþ mik koma,
es kvæmtke veit,
móte menglǫþom.

Gró kvaþ:

4. Lǫng es fǫr,
langer 'ó farvegar,
langer 'ó manna muner,
ef þat verþr,
at þínn vilja bíþr,
skeikar þá skuld at
skǫpom.

Svipdagr kvaþ:

5. Galdra mér gal,
þás góþer 'ó,
bjarg þú, móþer, mege.
á vegom allr
hykk at verþa munak.
þykkjomk til ungr afe.

Gró kvaþ:

6. þann gelk þér fyrstan,
es kveþa fjǫlnýtan,
þann gól Rinde Rane,
at of ǫxl skjóter
þvís þér atalt þykker.
sjalfr leiþ þú sjalfan þik.

7. þann gelk þér annan,
ef árna skalt
viljalauss á vegom,
urþar lokor
halde þér ǫllom megom,
es þú á smán sér.

8. þann gelk þér þriþja,
ef þér þjóþáar
falla at fjǫrlotom,
Horn ok Ruþr
snúesk til heljar meþan,
en þverre æ fyr þér.

9. þann gelk þér fjórþa,
ef þik fjándr standa
gǫrver á galgvege,
hugr þeim hverfe
til handa þér
ok snúesk til sátta seve.

10. þann gelk þér fimta,
ef þér fjǫtorr verþr
borenn at boglimom,

leysegaldr lætk
þér fyr legg of kveþenn,
ok støkkr þá láss af limom.
[en af fótom fjǫtorr.]

11. Þann gelk þér sétta,
ef á sjǿ of kemr
meira, an menn vite,
logn ok lǫgr
gange þér í lúþr saman
ok lée þér æ friþdrjúgrar
farar.

12. Þann gelk þér sjaunda,
ef þik sœkja kemr
frost á fjalle hǿ,
hræva kulþe
meget þíno holde fara
ok haldesk æ lík at liþom.

13. Þann gelk þér átta,
ef þik úte nemr
nǿtt á niflvege,
at firr mege
þér til meins gøra
kristen dauþ kona.

14. Þann gelk þér níunda,
ef viþ enn naddgǫfga
orþom skipter jǫton,
máls ok manvits
at míme svara
sé þér gnógs of gefet.

15. Far nú æva,
þars foraþ þykker,
ok standet þér mein fyr
munom.
á jarþfǫstom steine
stóþk innan dura,
meþan þér galdra gólk.

16. Móþor orþ
ber þú, mǫgr, heþan,
ok lát þér í brjóste búa.
iþgnóga heill
skalt of aldr hafa,
meþan þú mín orþ mant.

Fjǫlsvinnsmǫ́l.

1. (B. 1 1-3.) Útan garþa
sá upp of koma
þursa þjóþar sjǫt.
* *
*

Fjǫlsviþr kvaþ:

2. (B. 1 4-6, 2.)
Hvat 's flagþa,
es stendr fyr forgǫrþom
ok hvarfar of hættan loga?
[hvers þú leitar
eþa hvers á leitom est,
hvat vilt, vinlauss, vita?]
úrgar brauter
árna aptr heþan,
áttat hér, verndarvanr, vero.

Vindkaldr kvaþ:

3. Hvat 's flagþa,
es stendr fyr forgarþe
ok býþrat líþǫndom lǫþ?

sœmþarlauss
hefr þú seggr of lifat,
† ok halt heim heþan.

Fjǫlsviþr kvaþ:

4. Fjǫlsviþr heitk,
ák fróþan seva,
þeyge emk míns mildr
matar.
innan garþa
þú kemr hér aldrege,
ok dríf nú vargr at vege.

Vindkaldr kvaþ:

5. Augna gamans
fýser aptr fáa,
hvars getr svást at séa.
garþar glóa
þykkjomk of gollna sale,
hér møndak eþle una.

Fjǫlsviþr kvaþ:

6. Seg mér hverjom
est, sveinn, of borenn,
hverra est manna mǫgr?

Vindkaldr kvaþ:

Vindkaldr heitk,
Várkaldr hét mínn faþer,
þess vas Fjǫlkaldr faþer.

7. Seg mér, Fjǫlsviþr,
þats þik fregna monk
ok ek vilja vita:
hverr hér ræþr,
ok ríke hefr,
eign ok auþsǫlom.

Fjǫlsviþr kvaþ:

8. Menglǫþ heitr,
en hana móþer of gat
viþ Svafrþorens syne.
hǫ́n hér ræþr,
ok ríke hefr,
eign ok auþsǫlom.

Vindkaldr kvaþ:

9. Seg mér, Fjǫlsviþr,
þats þik fregna monk
ok ek vilja vita:
hvé grind heitr,
es meþ goþom sǫ́ot
menn et meira foraþ?

Fjǫlsviþr kvaþ:

10. Þrymgǫll heitr,
en hana þrír gerþo
Sólblinda syner.
fjǫtorr fastr
verþr viþ faranda hvern,
es hana hefr frá hliþe.

Vindkaldr kvaþ:

11. Seg mér, Fjǫlsviþr,
þats þik fregna monk
ok ek vilja vita.
hvé garþr heitr,
es meþ goþom sǫ́ot
menn et meira foraþ?

Fjǫlsviþr kvaþ:

12. Gastropner heitr,
en hann gǫrvan hefk
ór Leirbrímes limom.
svá hefk studdan,
at standa mon
æ meþan ǫld lifer.

Vindkaldr kvaþ:

13. Seg mér, Fjǫlsviþr,
þats þik fregna monk
ok ek vilja vita:

hvé garmar heita,
es gífrare hefk
enga fyrr í lǫndom litet?

Fjǫlsviþr kvaþ:

14. Gífr of heitr,
en Gere annarr,
ef þú vilt þat vita.
varþer ellifo
of varþa þeir,
unz rjúfask regen.

Vindkaldr kvaþ:

15. Seg mér, Fjǫlsviþr,
þats þik fregna monk
ok ek vilja vita:
hvárt sé manna nǫkkot,
es mege inn koma,
meþan sókndjarfer sofa?

Fjǫlsviþr kvaþ:

16. Missvefne miket
vas þeim mjǫk of laget,
síþans þeim vas varzla vitoþ.
annarr of nætr sefr,
en annarr of daga,
ok kemsk þá vætr, ef þá kom.

Vindkaldr kvaþ:

17. Seg mér, Fjǫlsviþr,
þats þik fregna monk
ok ek vilja vita:
hvárt sé matar nǫkkot,
þats menn hafe
ok hlaupe inn meþan eta?

Fjǫlsviþr kvaþ:

18. Vengbráþer tvær
liggja í Viþofnes liþom,
ef þú vilt þat vita.
eitt 's svá matar,
at þeim menn of gefe
ok hlaupe inn meþan eta.

Vindkaldr kvaþ:

19. Seg mér, Fjǫlsviþr,
þats þik fregna monk
ok ek vilja vita:
hvé barmr heitr,
es breiþask umb
lǫnd ǫll limar?

Fjǫlsviþr kvaþ:

20. Mímameiþr heitr,
en mange veit,
af hverjum rótom renn.
viþ þat fellr
es fæstan varer;
flœrat eld né járn.

Vindkaldr kvaþ:

21. Seg mér, Fjǫlsviþr,
þats þik fregna monk
ok ek vilja vita:
hvat af móþe verþr
ens mæra viþar,
es flœrat eld né járn?

Fjǫlsviþr kvaþ:

22. Út af hans aldne
skal á eld bera
fyr kelesjúkar konor.
útar hverfa
þess þær innar skyle.
sá 's hann meþ mǫnnom mjǫtoþr.

Vindkaldr kvaþ:

23. Seg mér, Fjǫlsviþr,
þats þik fregna monk
ok ek vilja vita:

hvé hane heitr,
es sitr í hǫ́om viþe,
allr viþ goll glóar?

Fjǫlsviþr kvaþ:

24. Viþofner heitr,
en hann stendr veþrglaser
á meiþs kvistom Mima.
einum ekka
þryngr ørófsaman
Surtr Sinmǫro.

Vindkaldr kvaþ:

25. Seg mér, Fjǫlsviþr,
þats þik fregna monk
ok ek vilja vita:
hvárt sé vápna nǫkkot,
es knege Viþofner fyrer
hníga á heljar sjǫt?

Fjǫlsviþr kvaþ:

26. Lævateinn heitr,
es gerþe Loptr rúnom
fyr nágrindr neþan.
í segjárnskere
liggr hjá Sinmǫro,
ok halda njarþlásar nío.

Vindkaldr kvaþ:

27. Seg mér, Fjǫlsviþr,
þats þik fregna monk
ok ek vilja vita:
hvárt aptr kemr,
sás epter ferr
ok vill þann tein taka?

Fjǫlsviþr kvaþ:

28. Aptr mon koma,
sás epter ferr
ok vill þann tein taka,
ef þat fœrer,
es fáer eigo,
eire aurglases.

Vindkaldr kvaþ:

29. Seg mér, Fjǫlsviþr,
þats þik fregna monk
ok ek vilja vita:
hvárt sé mæta nǫkkot,
þats menn hafe,
ok verþr því en fǫlva gýgr fegen?

Fjǫlsviþr kvaþ:

30. Ljósan léa
skalt í lúþr bera,
þanns liggr í Viþofnes vǫlom,
Sinmǫro at selja,
áþr sǫm telesk
vápn til vígs at léa.

Vindkaldr kvaþ:

31. Seg mér, Fjǫlsviþr,
þats þik fregna monk
ok ek vilja vita:
hvé salr heitr,
es slungenn es
vísom vafrloga?

Fjǫlsviþr kvaþ:

32. Hýrr hann heitr,
en hann lenge mon
á bjargs odde bifask.
auþranns þess
mono of aldr hafa
frétt eina firar.

Vindkaldr kvaþ:

33. Seg mér, Fjǫlsviþr,
þats þik fregna monk
ok ek vilja vita:

hverer þat gerþo,
es fyr garþ of sák
innan ásmaga?

Fjǫlsviþr kvaþ:
34. Une ok Íre,
Báre ok Óre,
Varr ok Vegdrasell,
Dóre ok Úre,
Dellingr, Atvarþr,
Líþskjalfr, Loke.

Vindkaldr kvaþ:
35. Seg mér, Fjǫlsviþr,
þats þik fregna monk
ok ek vilja vita:
hvé bjarg heitr,
es sék brúþe á
þjóþmæra þruma?

Fjǫlsviþr kvaþ:
36. Lyfjaberg heitr,
en þat hefr lenge veret
sjúkom ok sǫ́rom gaman.
heil verþr hver,
þótt hafe heljarsótt,
ef þat klífr kona.

Vindkaldr kvaþ:
37. Seg mér, Fjǫlsviþr,
þats þik fregna monk
ok ek vilja vita:
hvé meyjar heita,
es fyr Menglaþar knéom
sitja sáttar saman?

Fjǫlsviþr kvaþ:
38. Hlíf heitr ein,
ǫnnor Hlífþrasa,
þriþja Þjóþvara,
Bjǫrt ok Bleik,
Blíþ, Fríþ, — —,
Eir ok Aurboþa.

Vindkaldr kvaþ:
39. Seg mér, Fjǫlsviþr,
þats þik fregna monk
ok ek vilja vita:
hvárt þær bjarga,
þeims blóta þær,
ef gerask þarfar þess?

Fjǫlsviþr kvaþ:
40. Bjarga svinnar,
hvars blóta þær
á stallhelgom staþ.
svá hátt foraþ
kemrat hǫlþa sonom,
hvern ór nauþom nema.

Vindkaldr kvaþ:
41. Seg mér, Fjǫlsviþr,
þats þik fregna monk
ok ek vilja vita:
hvárt sé manna nǫkkot,
es knege á Menglaþar
svǫ́som arme sofa?

Fjǫlsviþr kvaþ:
42. Vætr 's þat manna,
es knege á Menglaþar
svǫ́som arme sofa,
nema Svipdagr einn,
hǫ́nom vas en sólbjarta
brúþr at kvǫ́n of kveþen.

Vindkaldr kvaþ:
43. Hritt á hurþer,
lát hliþ mér rúm,
hér mátt Svipdag séa.

en þó vita far,
ef vilja myne
Menglǫþ mítt gaman.

Fjǫlsviþr kvaþ:

44. Heyr, Menglǫþ,
hér 's maþr komenn,
gakk á gest séa.
hundar fagna,
hús hefr upp lokezk,
hykk at Svipdagr sée.

Menglǫþ kvaþ:

45. Horsker hrafnar
skolo þér á hǿom galga
slíta sjóner úr,
ef þú þat lýgr,
at hér sá langt komenn
mǫgr til mínna sala.

46. Hvaþan fórt?
hvaþan fǫr gerþer?
hvé þik héto hjú?
at átt ok nafne
skalk jartegn vita,
ef vask þér kvǿn of kveþen.

Vindkaldr kvaþ:

47. Svipdagr heitk,
Sólbjartr hét mínn faþer.
þaþan rǿkomk vindkalda vego.
urþar orþe
kveþr enge maþr,
þótt sé viþ lǫst laget.

Menglǫþ kvaþ:

48. Vel þú nú komenn,
hefk mínn vilja beþet,
fylgja skal kveþjo koss.
forkunnar sýn
mon flestan glaþa,
hvars hefr viþ annan ǿst.

49. Lenge satk
ljúfo berge á,
beiþk þín dœgr ok daga.
nú þat varþ,
es vætt of hefk,
at est komenn, mǫgr, til mínna sala.

50. Þráar hafþar
hefk til þíns gamans,
en þú til míns munar.
nú 's þat satt,
es vit slíta skolom
æve ok aldre saman.

Bruchstücke von eddischen liedern in der Snorra-Edda.

I.

Njǫrþr kvaþ:

1. Leiþ eromk fjǫll,
vaska lenge á,
nætr einar nío.
ulfa þytr
þóttomk illr vesa
hjá sǫngve svana.

Skaþe kvaþ:
2. Sofa ne mák
sævar beþjom á
fogls jarme fyrer.
sá mik vekr,
es af víþe kemr,
morgen hverjan mǿr.
(*Sn. E. I, 94.*)

II.

Heimdallargaldr.

1. Nío emk mœþra mǫgr,
nío emk systra sonr.
(*Sn. E. I, 102.*)

III.

Vanr kvaþ:
1. Hvat þar flýgr,
hvat þar ferr
eþa at lopte líþr?

Gnǫ́ kvaþ:
2. Ne ek flýg,
þó ek fer
ok at lopte líþk
á Hófvarpne,
þeims Hamskerper
gat viþ Garþrofo.
(*Sn. E. I, 118.*)

IV.

Þǫkk kvaþ:
1. Þǫkk mon gráta
þurrom tǫ́rom
Baldrs bálfarar.
kyks né dauþs
nautka karls sonar;
halde Hel þvís hefr.
(*Sn. E. I, 180.*)

V.

Þórr kvaþ:
1. Vaxat Vimor,
alls þik vaþa tíþomk
jǫtna garþa í.
veizt ef vex,
at mér vex ásmegen
jafnhátt upp sem himenn.
(*Sn. E. I, 286.*)

VI.

Þórr kvaþ:
1. Eino sinne
neyttak alls megens
jǫtna gǫrþom í,
þás Gjǫlp ok Greip
Geirrøþar dœtr
vildo hefja mik til himens.
(*Sn. E. I, 288.*)

VII.

1. Glaser stendr
meþ gollno laufe
fyr Sigtýs sǫlom.
(*Sn. E. I, 340.*)

VIII.

1. Ór kattar dyn
ok ór kono skegge,
ór fisks anda ok fogla
mjólk,

ór bergs rótom
ok bjarnar sinom,
ór því vas Gleipner gørr.
(*Sn. E. II*, *432. 515.*)

IX.

1. Flugo hrafnar tveir
af Hnikars ǫxlom,
Hugenn til hanga
en á hræ Munenn.
(*Sn. E. II*, *142.*)

Verzeichniss der wichtigeren varianten und der textveränderungen.

Vǫlospǫ́.

Codex Regius = R. *Hauksbók* = H. 748. *Snorra-Edda* = SnE., ɔ: *codex regius* = r, *Wormianus* = W, 748. *In der SnE. vv.* 3, B. 5_{5-10}, B. 9, B. 10_{5-8}, B. 11—12, B. 15, B. 16_{1-4}, B. 19, 11, 12, 15, 22, 23_{1-4}, 24_{5-6}, 25, 26, B. 45_{1-10} u. $_{13-14}$, 31_{5-8} u. 38_{1-4}, B. 48, 34, 35, 36, 37, B. 55, 38_{1-2} u. 39_{7-8}, $_{3-4}$, $_{1-2}$, 40, 46.

1_2 helgar *fehlt in* R. $_5$ vill valfaþer *f.* Vildo at ek *FJ. nach Mülh. DAV.* — $_6$ fyr R_b fram *H.*

2_6 í viþe *R*, iviþjor *H*.

3_2 ymer bygþe *RH*, ekke vas *SnE.* — $_8$ hverge *R*, ekke *H SnE (ausser U).*

B. 5 *unecht, Bugge, Mülh., Hoffory (Sitzungsberichte der kgl. preuss. Akad. d. Wiss. 27. h.).* — $_4$ himen *fehlt in H.*

B. 6 *unecht, Mülh. DAV. Reste von zwei vv. N. M. Petersen (An O 1840—1, s. 67 fg.).* — $_1$ Gengo *f.* þá gengo *Sievers Pr.*

5_{3-4} þeirs-hǫ́timbroþo *R*, afls kostoþo | alls freistoþo *H.*

6_3 vætterges *R*, vettugis *H.*

B. 9 *bis* B. 20 *unecht Mülh. DAV.*

B. 9_1 Gengo *f.* þá gengo *Sievers Proben.* — $_5$ hvárt *f.* hverr *(RWU)*, hverer *(H)*, at *r FJ.* skyle *f.* skylde *FJ.* dverga *R SnE*, dvergar *H.* — $_6$ drótter *H*, drottin *R*, drott of *SnE.* — $_7$ Brimes blóþe *R*, brime blóþgo *H SnE.* — $_8$ ok *f.* ok ór *FJ.* — blám *Rr*, bláens *W 756.*

B. 10_1 vas *fehlt R.* — $_5$ þeir *RHU*, þar *rW.* — $_7$ dverga í *H*, dvergar ór *(í SnE) R SnE.*

B. 11_{5-6} *unecht Ettmüller (Altnord. Leseb.), Dietrich (Altnord. Leseb.)*

B. 12_{3-4} *unecht FJ.*

B. 13_{5-6} *unecht Bergmann, Ettmüller, Dietrich.*

B. 14_5 þeir *R*, þeim *H.*

B. 16_{3-4} *unecht FJ.* — $_5$ æ *fehlt in R.* — $_8$ til *Sievers (Proben 20, not. 7), fehlt in RH.*

B. 17_1 þrír *f.* þríar *(RH) Rask.* — $_2$ ór því liþe *R*, þussa brúþer *H.*

B. 19_4 hvíta aure *soll* hvítaaure *oder* hvíta-a *sein.* — $_6$ es *SnE*, þærs *RH.*

B. 20_3 sæ *R*, sal *H.* — $_4$ und *R*, á *H.* — $_{12}$ seggja *R*, at segja *H.*

7_3 gollveigo *f.* veig *DAV, Bugge, Arkfnf. II, 121. Sievers Pr.* — $_{9-10}$ *unecht Mülh. DAV.*

8_2 *Nach* hvars *ist* til *getilgt FJ.* — $_5$ hvars *fehlt in R.* — $_6$ hug *fehlt in R.*

9_1 gengo *f.* þá gengo *Sievers Pr.* — $_4$ ok gættosk of þat *f.* ok of þat gættosk *FJ. (Der hauptstab kann nicht so weit zurückstehen.)* — $_7$ goþ *f.* goþen *Grundtvig.*

10$_4$ fyrst *R*, fyrr *H.* — $_7$ vígská *f.* vígspá *Svb. Egilsson (Lex. poet.).*

11$_1$ Gengo *f.* þá g. *Sievers Pr.* — $_2$ *siehe zu* 9$_4$. — $_5$ hverr *H*, hverer *R.* lopt *f.* lopt alt *FJ.* — $_7$ átt *f.* ætt *FJ.*

12$_1$ vá *HWU,* var *R,* vann *r.* — $_4$ gengosk *f.* Á gengosk *FJ.* — $_8$ meþal *f.* á meþal *FJ.*

13$_7$ veþe Valfǫþor *f.* af veþe valfǫþrs *FJ.*

14$_2$ aldenn *f.* enn aldne *FJ.* — $_6$ *Die lücke FJ.*

15$_{5-8}$ *unecht FJ.*

16$_1$ Herfaþer *f.* herfǫþr *FJ. S. K. Gíslason Njála II 246 ff.* — fekk *f.* fó *Mülh. DAV. nach Ettmüller og Pfeiffer.* — $_4$ *die lücke Grundtvig.*

17$_{5-12}$ *unecht FJ.* — $_{9-12}$ *unecht N. M. Petersen An O 1840—1, s. 73.*

18$_6$ vǫllom *f.* vǫllo *Rask, Munch etc.* — $_7$ mær *f.* mjór *FJ, vgl. Grundtvig, cfr.* 19$_2$. — $_8$ mistelteinn, *nur 3 silben!*

19$_{5-8}$ *bis* B. 33$_{1-4}$ *unecht N. M. Petersen An O 1840—1 s. 69, Munch, Lüning, Mülh.*

B. 34 *(unter dem texte) unecht Br. Snorrason An O 1847, s. 366 f.*

20$_3$ lægjarns *f.* lægjarn *Bugge.* — $_7$ vere *f.* ver *FJ.*

21$_1$ Á *lies* Ǫ.

B. 37 *unecht FJ.*

22$_1$ sá *R*, sér *H*, veit *SnE.* — $_3$ -strǫndo *RHWr*, strǫndom *U.* — $_5$ falla *HSnE*, fello *R.* — $_7$ sás *druckf. f.* sá 's.

23$_1$ sá *RH*, skolo *SnE.* — $_4$ varga *H*, vargar *RSnE (doch* — ingar *U).* — $_5$ þanns *f.* ok þanns *Sievers Beitr. VI, 337.* — $_6$ *Die lücke FJ.*

24$_{1-4}$ *Die lücke N. M. Petersen An O 1840—1, s. 90.* — $_5$ sýgr *f.* súg *(R)*, saug *(H)*, kvelr *(SnE) FJ.* — $_{7-8}$ *unecht, Dietrich.*

25$_1$ sat *R*, býr *H.* alden *f.* en aldna (arma *U*) *FJ. nach Sievers Beitr. VI, 335, cfr.* 9$_7$, 14$_2$. — $_3$ fœdde *R*, fœðer *HSnE.* — $_6$ einna *alle ausser U:* íma.

26$_4$ svǫrt verþa: svart var þa *R.* — $_{5, 7}$ *die interpunktion nach Mülh. DAV.*

27$_4$ Eggþéer *f.* egþer (egðir) *FJ.* — $_5$ hǫ́nom *fehlt in H.* — $_6$ gagl- *R*, galg- *H.*

28$_4$ Herfǫþor *f.* herjafǫþrs *FJ.* — $_5$ gól *f.* gelr *FJ nach Rask.*

29$_1$ nú *eingefügt nach Sievers Pr.* — $_2$ gnipa *R*, gnupa *H.* — $_{5-6}$ *in den hdschr.:* fjolþ veit hon fræða | fram se ec lengra *R*, framm se ek lengr | fiǫlð kann ek segia *H.*

30. (B. 45.) $_5$ í heime *RH*, meþ hǫlþom *SnE.* — $_{7-12}$ *unecht Mülh.* — $_8$ skilder *R fügt* 'ró *hinzu.*

31$_3$ gamla *H*, galla *R.*

32$_3$ aldet *f.* et aldna *Sievers Sk. cfr.* 25$_1$.

B. 48 *unecht FJ.*

34 nef- *R*, niþ *HSnE.*

35$_1$ norþan *f.* austan *Bugge.* — Heljar *f.* Múspells *derselbe.*

37$_7$ þá *R*, þar *HSnE.*

B. 55 *unecht Mülh.* — $_{1-8}$ kemr-vega *f.* þá kemr-vega *(R)*, Gengr óþens son | viþ ulf vega | Víþarr of veg *SnE.*

38$_1$ Kemr *f.* þá kemr *(R)*, Gengr *(SnE) FJ mit Sievers Beitr. VI, 337.* — $_2$ *Die lücke FJ.* — $_4$ orme mœta *H*, viþ ulf vega *R.*

39$_8$ ókvíþenn *f.* ókvíþnom *FJ.*

40$_6$ ok : viþ *R* (aldrnara).

43$_1$ Finnask *R*, Hittask *H.* — $_{5-3}$ *fehlen in R.* — $_7$ ok *f.* ok á *FJ.*

44$_{1, 4}$ epter . . . finnaz *R*, æser . . . finna *H.* — $_{5-6}$ *unecht FJ.* — $_9$ bǫls mon *f.* bǫls mon alls *FJ.*

45$_{3-4}$ *unecht FJ.* — $_6$ hlaut- *R*, hlut- *H.*
46$_1$ sér *RH*, veitk *SnE.*
47$_1$ kemr *f.* þá kemr *Sievers Pr.* — $_4$ *Die lücke FJ.*
48$_1$ Kemr *H*, þar kemr *R.* — $_4$ fjǫllom *fehlt in H.* — $_5$ berr *f.* berr sér *FJ.* — $_8$ hann *f.* hón, *Ettmüller, N. M. Petersen, Müll. DAV.*

Hǫvamǫl.

Die einteilung grösstenteils nach Mülh. DAV. Nur in R, die erste strophe auch in SnE I, 36. II, 1$_{4-6}$ in Fóstbrœþrasaga (1852), s. 83.

I.

1$_3$ *unecht FJ.* — $_5$ óvíst *f.* þvíat óvíst *FJ.* es *f.* es at vita *FJ mit W.*
6$_1$ hyggjande *f.* h. sínne *FJ.* — $_2$ skylet *f.* skylet maþr *FJ.* — $_5$ heimesgarþa *f.* heimesgarþa til *FJ.* — $_{7-9}$ *unecht Dietrich.*
7$_6$ fróþr *f.* fróþra hverr *FJ mit Hildebrand.*
B. 8—9 *unecht Mülh. DAV.*
B. 8$_5$ es *f.* es maþr *FJ.*
B. 9$_5$ hefr *f.* hefr maþr *FJ.*
8$_2$ = 9$_2$ berrat *f.* berrat maþr *FJ.*
10$_3$ sonom *f.* sona *Rask.* — $_4$ fœra *f.* þvíat fœra *FJ.*
11$_1$ hegre *f.* hegre heitr *FJ.* — $_2$ es *f.* sá es *FJ.* — $_5$ vas *f.* vare *FJ.*
12$_4$ bazt *f.* baztr *Bugge.*
B. 15—16 *unecht Mülh. DAV.*
B. 18 *unecht ders.*
14$_1$ Haldet *f.* Haldet maþr *FJ.*
16$_6$ mál *f.* máls *Rask.*
B. 22 *unecht Mülh. DAV.* — $_6$ esa *f.* er *Rask.*
17$_3$ vetna hví *f.* hvívetna *Sievers Sk. dagegen ist* B. 22 hvívetna *nicht zu ändern, denn dies ist jenem in seiner verdorbenen form nachgebildet.*
19$_4$ fiþr *f.* finnr *FJ; cfr. 18$_4$.*
21$_1$ maþr *fehlt in der hds.* — $_{7-9}$ *unecht Rask.*
B. 28 *unecht FJ.*
22$_6$ ógótt *lies* ó-gótt.
23$_2$ skalat *f.* skalat maþr *FJ.* — $_4$ margr *f.* margr þá *FJ.*
24$_3$ hæþonn gestr at gest *f.* gestr at gest hæþenn *FJ*
25$_3$ vrekask *f.* rekask *Hildebrand.*
26$_2$ skylet *f.* skyle maþr *FJ.*
27$_4$ til *f.* en til *FJ.* — $_6$ firr of *f.* firr *FJ.*
28$_1$ skal *fehlt in R.*
29$_2$ = 30$_2$ an biþja *f.* þótt lítit *FJ.*
B. 38 *unecht Mülh. DAV.* — $_2$ skala *f.* skala maþr *FJ.* — $_4$ óvíst *f.* þvíat óvíst *FJ.*
31$_1$ mildan *f.* mildan mann *FJ.* — $_3$ været *f.* ei være, *nach Grundtvig* (vœria). — $_7$ sváge gleggvan *f.* sváge *FJ.*
32$_3$ skylet *f.* skylet maþr *FJ.*
33$_4$ viþrgefendr *f.* viþrgefendr ok endrgefendr *FJ.* — $_5$ viner lengst *f.* lengst viner *FJ.*
B. 42 *unecht Mülh. DAV.*
35$_3$ vill *f.* ok vill *FJ.* — $_4$ þann *f.* þann blanda *FJ.*
36$_4$ skalt *f.* skalt viþ þann *FJ.*
B. 46 *unecht FJ.*
B. 48—9 *unecht Mülh. DAV.*
B. 48$_4$ ósnjallr *f.* en ósnjallr *FJ.* — $_4$ rekkar *f.* rekkar þat *FJ.*
38$_3$ hlýrat : hlýrar *R.*
39$_2$ brenn *druckf. f.* bronnr.

40_5 ok *f.* ok meþ *FJ.*

41 *versetzt FJ.* — $_4$ maþr *f.* maþr af *Mülh. DAV.* — $_5$ af *f.* at *ders.*

42_4 aller *f.* því aller *FJ.*

44_4 snotrs *f.* þvíat snotrs *FJ.*

45_5 enge *f.* enge maþr *AM Rask.*

46_3 sás *f.* es *Bugge.* — $_{4-5}$ liggjande . . . getrat *f.* sjaldan liggjande . . . getr *FJ.*

47_3 ganga *f.* ganga síns *FJ.*

49_2 ríþe *f.* ríþe maþr *FJ.* — $_7$ *unecht, Dietrich, Grundtvig, Mülh. DAV.*

B. 63 *unecht Mülh. DAV.*

B. 65 *versetzt FJ; unecht FJ. Dieser halbvers schliesst sich dem inhalte nach sehr gut an* B. 63 *an.* — es *f.* es maþr *FJ.*

51_4 fiþr *f.* finnr *FJ. cfr. 19_4.*

B. 66—7 *unecht FJ.*

B. 67_2 myndomk *f.* munde mér *FJ.* — $_3$ mǫlongemat *druckf. f.* mǫlonge mat.

52_5 ef *f.* ef maþr *FJ.* — $_6$ ok án *f.* án viþ *FJ.*

53_1 Esat *f.* Esat maþr *FJ.*

54_2 an sé ólifþom *f.* ok sæl lifþom *Rask.* — $_4$ brenna *f.* upp brenna *FJ.* — $_6$ úte *f.* en úte *FJ.*

55_2 handar : hundar *R.* — $_5$ of sé *f.* sé *FJ.*

56_{4-5} bautarsteinar | standat *f.* sjaldan bautarsteinar | standa *FJ. cfr. 46_{4-5}.*

B. 73—4 *unecht F. Magnússon.*

B. 73_3 esomk *f.* es mér *FJ.*

B. 74_2 trúerat *f.* trúer *FJ.*

B. 75 *unecht FJ.* — $_3$ aurom *f.* lauþrom *Grundtvig.*

B. 78 *unecht FJ.* — $_1$ grindr *f.* grinder *Bugge.*

B. 79 *unecht Mülh. DAV.*

B. 80 *unecht FJ, ein vers, welcher nicht einmal den einfachsten forderungen der verskunst genügt.*

B. 81—3 *unecht Grundtvig.*

B. 82_7 mæke til *f.* mæke *FJ.*

II.

1_4 á *f.* þviatá *FJ nach Fóstbræþras.*

B. 85—7 *unecht Grundtvig.*

B. 88 *unecht Mülh. DAV.*

B. 89 *unecht Grundtvig.* — $_7$ verþet *f.* verþet maþr *FJ.*

B. 90 *unecht Grundtvig.* — $_{5-6}$ *unecht FJ.* — *Nach* $_{10}$ *fehlt*].

B. 92 *unecht Mülh. DAV.*

B. 94 *unecht Mülh. DAV.* — $_2$ es *f.* es maþr *FJ.* — $_4$ horskom *f.* horskan *AM Rask.*

B. 95 *unecht Mülh. DAV.*

4_5 *u.* 5_5 vǫromk *f.* var mér, þóttomk *f.* þótte mér *FJ.*

6_5 ein vitem *f.* einer viti *FJ.*

8_4 brennǫndom *f.* meþ brennandom *FJ.* — $_6$ vǫromk *f.* vas mér *FJ.*

9_1 Auk *f.* Ok *(cfr. 6_1) FJ.*

10_{7-9} *unecht Mülh. DAV.* — $_9$ vætke *f.* vætkes *Rask.*

III.

1_1 glaþr *f.* glaþr gume *FJ.* — $_{4-6}$ *unecht FJ.*

2_1 Aldenn *f.* enn aldna *FJ.*

3_1 gǫ́fomk *f.* mér um gaf *Vigf. Cpb.* — $_7$ *unecht FJ.*

5_1 hlutar *f.* litar *K. Gísl. Nj. II 406.* — $_4$ Óþrerer *f.* þvíat Ó. *FJ.* — $_6$ vé jaþars *f.* vés jarþar (jaþar *Bugge*) *FJ.* vó *auch Grundtvig.*

B. 108 *unecht Mülh. DAV.* — $_1$ esomk *f.* er mér *FJ.*

6_3 *unecht Grundtvig.*

IV.

1_{6-10} *unecht Mülh. DAV.*
•2, 3, 4 *(usw)* $_{3}$ *unecht FJ.*
2_{2} en *f.* at *Rask.* — $_{7}$ leiter *f.* leiter þér *FJ.*
3 *Die umstellung FJ (wegen des inhalts).*
B. 114 *unecht FJ.*
6_{8-10} *unecht ders.*
B. 118 *unecht Mülh. DAV.*
7_{8-10} *unecht FJ.*
8—9 *umgestellt FJ.*
8_{8-10} *unecht FJ.*
9_{7} nem *f.* ok nem *FJ.*
B. 123—4 *unecht FJ.*
B. 123_{1} Af *f.* þvíat af *FJ.*
B. 124_{6} vinr *f.* vinr ǫþrom *Rask.*
11_{6} sennat *f.* senna skalatu *FJ.* — $_{8}$ *unecht FJ.*
12_{8-10} *unecht FJ.*
13_{7} gefat *f.* ok g. *FJ.*
14_{7} lát *f.* en lát *FJ.*
15_{7-8} *unecht FJ.*
B. 130 *unecht FJ.* $_{1-4}$ *unecht Munch.*
16_{8-10} *unecht Mülh. DAV.*
B. 133 *unecht FJ.*
18_{8-12} *unecht FJ mit Hildebrand.*
B. 135—7 *unecht FJ.*
B. 136_{5} ella *lies* eþa.
B. 137_{7-14} *unecht Grundtvig.* — $_{2}$ jǫrþ *f.* þvíat jǫrþ *FJ.* — $_{8}$ eldr *f.* en eldr *FJ.*

V.

1_{2} vinga *f.* vindga *Munch.* — $_{7-9}$ *unecht Mülh. DAV.*
2_{1} seldomk *f.* mik seldo *FJ.*
B. 140 *unecht Mülh. Ztschr. f. deut. Alt. 18, 251.* — $_{2}$ frægjom *f.* enom frægja *FJ.* — $_{3}$ Bǫlþorns *f.* Bǫlþórs *AM.*
3_{3} vaxa *f.* ok vaxa *FJ.* — $_{6}$ verks *f.* verks leitaþe *Mülh. DAV.*
4_{4} *unecht FJ.*
5_{3} Dvalenn *f.* Dv. ok *Rask.*
7_{7-10} *unecht FJ.* — $_{9}$ þars *f.* þar *FJ.*

VI.

1_{6} sorgom . . . sǫkom *f.* sǫkom . . . sorgom *FJ. (metr. notw.).* — $_{7}$ *unecht Grundtvig.*
3_{2} verþomk *f.* mér verþr *FJ.*
4_{7} *unecht FJ.*
$6_{2,\,3}$ sœrer . . . hrótom hrás *f.* særer . . . á rótom rás *FJ.* — $_{4}$ þann *f.* ok þann *FJ.*
9_{2} stǫndomk *f.* mik . . . stendr *FJ.* — $_{3}$ faro *f.* fare míno *Sievers Beitr. VI, 369.*
10_{5} þær villar *f.* þeir villir *Pfeiffer.* — $_{7}$ *unecht FJ.*
11_{6-7} *unecht FJ.*
12_{7} *unecht FJ.*
14_{6} ósnotr *lies* ó-snotr.
17_{1} *Die lücke FJ.* — $_{2-3}$ *unecht FJ.*
B. 162 *unecht FJ.*
18_{4-6} *unecht Hazelius (Indledn. till Hávamál s. 14).*

VII.

B. 164 *„wol nicht ursprünglich" Hildebrand.* — $_{2}$ hǫ́va *unecht FJ.* — $_{4,\,7}$ *unecht FJ.*

Vafþrúþnesmǫ́l.

In R, von v. 20_2 *in 748. In SnE v. 18,* 30_{4-6}*, 31, 35, 37, 41, 45, 47, 51.*

1_1 mér *f.* mér nú *FJ.* — $_2$ tíþomk *f.* mik . . . tíþer *FJ.*
2_3 enge *f.* þvíat enge *FJ.*
3_3 of reyndak *f.* ek reynda *Bugge.*
4_7 skalt *f.* skalt or *Bugge.*
5_7 Hýms *f.* Ims *FJ.*
6_1 Heill *f.* Heill þú nú *FJ.* — $_4$ vilk *f.* hitt vilk *FJ.*
8_1 Gang - *f.* Gagn - *Rask, K. Gislason (Tillægsbemærkninger om - rídr An. f. nord. Oldkh. og Hist. 1870, 135—6).* — $_5$ *die gedankenstriche sind zu tilgen.*
10_4 ofrmælge *f.* ofrmælge mikel *FJ.*
11_6 of *f.* ok *Rask.*
13_6, 14_3 of *f.* ok *Rask.*
18_1 heitr *f.* heitr vǫllr *FJ.*
22_5 svá at *R,* sá er *748.*
23_1 - fare: fǫri *R,* færi *748.*
25_3 Nótt *f.* en N. *FJ.*
26_6 meþ *R,* um *748.*
31_3 svá: ok *SnE.* — $_4$ órar átter *(FJ)*: þar eru orar ættir *r*; þar orar ættir *W.* — $_5$ koma þar *(FJ)*: komnar *r*; kómu *W*; koma *Bergmann. In U ist der vers in prosa aufgelöst.*
32_5 baldne *748,* aldne *R.*
33_6 sex *A,* ser *R.*
36_6 æ *f.* æ menn *FJ.*
37_4 hans: hann *R.*
38_5 niþjom ása *f.* ása sonom *FJ.* — $_{6-7}$ *unecht Bugge.* — $_8$ varþat *f.* ok varþat (ok varat *748*) *FJ.*
40—1 *In R fehlt* 40_{4-6} *u.* 41_{1-3}*, in 748 fehlt* 40_{4-6}*; die verse sind von Bugge hergestellt.*
42_6 þú et sannasta sogor *f.* sogor þú et sannasta *FJ.* — $_7$ *unecht FJ.*
43_{4-5} *unecht Hildebrand.* — $_8$ ór heljo *unecht FJ.*
45_1 Lífþr - *RU,* leifþr - *748 rW.*
47_3 hana: henni *U.*
48_4 meyjar *f.* þær meyjar *FJ.*
49_1 þjóþer *FJ. Cfr. Mülh. DAV, 242 not.* — $_5$ þærs: þeirra *R.*
50_{3-4} æser | ráþa *f.* ráþa æser | *FJ.*
51_6 Vingnes: ok vinna *R.*
53_3 vreka: reka *R 748.* — $_6$ vitnis *748,* vingnis *R.*
55_5 mæltak *f.* mæltak (um *add. 748*) mína *FJ.* — $_{7-9}$ *unecht FJ.*

Grímnesmǫ́l.

In R und 748. In SnE. B. 11—15, 8—10, 13, B. 24, B. 29, B. 34—5, 16, B. 40—1, B. 43—4, 19, 20, B. 48.

B. 2 *unecht FJ und Schullerus (Paul-Br. Beitr. XII, 274); auch GV. Cpb.*
B. 4—6 *unecht FJ.*
B. 5 *unecht FJ.* — $_2$ of hofr *f.* hefir *FJ.*
B. 6—7 *unecht Mülh. DAV.*
4_1 heitr *f.* heitir enn fjórþe *FJ.* — $_3$ glymja yfer *f.* yfer glymja *Sievers Sk.* — $_{5-6}$ Óþenn . . . . | . . þar *f.* þar þau Óþenn *FJ.*
5_1 heitr *f.* heiter enn fimte *FJ.*
6_2 þeims *f.* þeim er til *FJ mit 748.* — $_5$ salr *f.* es salr *FJ.*
7_2 þeims *f.* þeim er til *FJ. cfr. ad* 6_2.
B. 11—17 *unecht Mülh. DAV. In den strophen, die in SnE citiert sind, steht in diesen visur* heita *oder* heitir.

B. 12_{2} of hefr *f.* hefer *FJ.*
B. 13_{2} firar *zugefügt FJ (v. metr. gf.).*
B. 14_{2} Frigg of *f.* Freyja *FJ.* — $_{6}$ halfan *f.* en halfan *FJ.*
B. 15_{1} es: heitir salr *SnE.* — $_{6}$ svæfer: svefr *U(SnE).*
B. 16_{2} = B. 5_{2}.
B. 17_{6} at *G. Pálsson, Rask, Bugge f.* ok.
10_{5} kome *rW 748,* comiþ *R,* kemr *U.*
11_{6} valglaume *R,* valglaumne *748.*
12_{4} es *f.* es sú *FJ.* — $_{5}$ en *f.* en þat *FJ.*
13_{3} hykk *f.* svá hykk *FJ.* — á: at *R.* — $_{4}$ einherja *unecht FJ.* — $_{5}$ ganga: ganga senn *rW 748.* — $_{6}$ viþ: at *R.*
B. 24 *unecht Bugge, Mülh., Symons.* — $_{3}$ = 13_{3}.
14_{1} geit *unecht FJ.* — $_{2}$ *nach* á *steht* Herjafǫþr(s) *in R 748.*
15_{1} hjǫrtr *unecht FJ.* — $_{2}$ hǫllo á *f.* á hǫllo Herjafǫþrs, *cfr. 14_{1}.*
B. 27—35 *unecht Mülh. DAV, Symons u. a.*
B. 27_{3-4} *umgesetzt FJ.* — $_{5}$, $_{8}$ *unecht FJ.*
B. 28_{12} *unecht FJ.*
B. 29_{7-9} = 30_{7-9} *unecht Mülh. DAV.*
B. 31_{3} undan *R,* und *748.*
B. 32_{1} íkorne *unecht GV Cpb.*

B. 33_{2} hœfingar: á *fügen R 748 zu.*
B. 34_{3} ósviþra apa *unecht FJ.* — $_{4-6}$ *unecht FJ.*
16_{4-6} *unecht FJ.* — $_{7}$ -gríþr *(bis), so U, die and.* gríþ.
B. 37—41 *unecht Mülh. DAV, Symons u. a.*
B. 38_{6} frá *lies* í frá.
B. 39_{2} skírleito *f.* eno skírleita *FJ.*
B. 41_{5} harþmóþgo *R 748 rWU,* hríþfeldo *748, 757 (Skáldskaparmǫl).*
17_{4} opner *f.* þvíat opner *FJ.*
B. 43—4 *unecht Mülh. DAV. Symons.*
B. 43_{3} skapa *R 748 U,* skipa *rW.*
B. 44_{7-9} *unecht FJ. 748 fügt dem ganzen noch hinzu:* en Brimer sverþa.
18_{7} *unecht FJ.*
19_{6} Her- *so Egilsson mit 748;* hel- *RrW U 757.*
20_{4-11} *unecht Grundtvig.*
B. 49 *unecht Grundtvig, Symons.* — $_{7-9}$ *unecht FJ.* Oske, Ome *lies* Óske, Óme.
21_{2} hétomk *f.* er ek hét *FJ zum teil mit Rask.*
22_{6} ǫllom einheriom oc oþins hylli *R 748.*
B. 54 *unecht Mülh. DAV.* — $_{4-6}$ *unecht FJ.* — $_{8}$ hykk *f.* er ek hygg *(R),* ek hygg *(748) FJ.* — $_{9}$ at *748,* af *R.*

Skírnesmǫl.

In R und in 748 zum v. 28; v. 41 auch in SnE.

1_{2} skjótt *eingesetzt v. Bugge.*
2_{3} esomk *f.* es mér *GV Cpb.*
4_{1} Hví *f.* Hví of *FJ.* — $_{4}$ alfr *f.* þvíat alfr *FJ.*
5_{4} unger *f.* þvíat unger *FJ.* — $_{6}$ tveir *fehlt in 748.*
6_{2} ganga sá *f.* sá ganga *FJ.* — $_{5}$ þaþan *R,* þeim *748.*
7_{2} an manna *FJ:* ænn manni *748,* enn mann *R.*
10_{4} *unecht FJ.*
13_{2} an *f.* heldr en at *(R),* en *(748) FJ.*
14_{2} nú til *R.* — $_{3}$ rǫnnom *R,* hǫllom *748.*
15_{1} úte *f.* hér úte *FJ.*

17$_2$ né *R*, ok *748*.
18 *fehlt in 748*.
19$_8$ óleiþ- *lies* ó-leiþ-.
20$_4$ Freyr *748*, frey *R*. — $_6$ byggom *748*, byggjom *R*.
21$_1$ þér *f*. þér þá *FJ*. — $_2$ of vas *f*. vas *FJ*. — $_{4-6}$ *fehlen in 748*.
22$_{1-3}$ *fehlen in 748*. — $_2$ of sé *f*. sé *FJ*.
23$_1$ þú *f*. þú þenna *FJ*. — $_6$ sætt *R*, satt *748* (= sátt *d. h.* søtt ?)
24$_6$ vegezk *f*. ykr vega tiþe *FJ*.
26$_1$ þik drepk *unecht FJ*. — $_2$ ek *f*. en ek *FJ*.
27$_4$ *unecht FJ*. — *Für* heime ór *(3) hat 748 nur* ok. — $_5$ meirr *fehlt in R*.
28$_2$ út of *f*. út *FJ*. — $_4$ *unecht FJ*.
29$_7$ *unecht FJ*.
30$_4$ -þurs *f*. -þursa *FJ*. — $_{7-10}$ *unecht FJ*.
31$_1$ þurse *f*. þurse þríhǫfþoþom *FJ*. — $_{4-5}$ *unecht FJ*. — $_7$ þrungenn vas *f*. vas þrungenn *Bugge*. — — $_8$ ofanv. ǫnn *f*. ǫnn ofanv. *Sievers Sk*.
32$_3$ *die lücke FJ*.
B. 33 *unecht FJ. cfr. Sievers Beitr. VI, 371*.
33$_4$ *unecht Grundtvig*. — $_8$ *unecht FJ*.
34$_1$ heitr *f*. heiter þurs *FJ*. — $_{4,6}$ þar . . . | . . . þér geita *f*. þar þér . . . . | geita *FJ*. — $_{7-10}$ *unecht FJ*.
35$_3$ ok œþe *unecht FJ*.
37$_5$ þroskamiklom *f*. enom þroska *FJ*. *Cfr. GV Cpb I 488*.
38$_4$ ept *f*. en ept *FJ*. *So auch* 40$_4$.
39$_2$ mare *f*. mar *FJ*.
41$_5$ þóttomk *f*. mér þótte *FJ*.

Hárbarþsljóþ.

Im ganzen kann ich auf meinen aufsatz über dies gedicht, der in den Aarb. f. n. Oldk. bald erscheinen wird, hinweisen. Siehe auch F. Niedner in Ztsch. f. d. alt. 1887. In R. — Von minna verka *in v. 17 auch in 748.*

1$_1$ es *f*. es sá *FJ*. — $_2$ sund *f*. sundit *FJ*.
2$_1$ es *f*. es sá *FJ*. — $_3$ vág yfer *f*. um vágenn *FJ*.
3$_1$ sund yfer *f*. um sundet *FJ*. — $_4$ matr *f*. matrenn *FJ*. — $_6$ fœrak *f*. ek . . fór *FJ*. — $_7$ síldar *f*. silldr *FJ*.
4$_1$ hrósar *f*. hrósar þú verþenom *FJ*.
5$_2$ es *f*. es hverjom *FJ*. — $_3$ *unecht FJ*.
6$_5$ *unecht FJ*.
7$_{1,2,3}$ eikjo . . . stǫþ . . . skip . . . land *f*. eikjonne . . . stǫþna . . . skipit . . . landit *FJ*.
8$_1$ Hildolfr *lies:* Hildolfr sá. — $_2$ bóþomk *f*. mik . . . baþ *FJ*. — $_4$ í *f*. es býr í *FJ*. — $_{7-8}$ *unecht FJ*. — $_{10}$ sund *f*. sundit *FJ*.
9$_{5-6}$ *unecht FJ*. — $_7$ ek em *zugefügt FJ*. — $_{10}$ of heiter þú *f*. þú heiter *FJ*.
12$_3$ fjǫrve fyr slíkom *f*. fjǫrve míno fyr slíkom sem þú est *FJ*.
13$_1$ ljótan *f*. ljótan mér þykker í því *FJ*. — $_2$ *unecht FJ*. vág *f*. váginn *FJ*. — $_3$ mínn ǫgor *f*. ǫgor mínn *FJ*. — $_4$ launa *f*. launa kǫgorsveine þínom *FJ*. — $_5$ sund yfer *f*. yfir sundit *FJ*.
15$_3$ enn *f*. sá enn *FJ*. — $_4$ hǫfoþ *f*. hǫfoþit á *FJ*. — $_8$ Hárbarþr meþan *f*. meþan Hárbarþr = 17$_{10}$ = 19$_{10}$ = 21$_{10}$ = B. 39 *FJ*.
16$_6$ at fella *f*. fella *FJ*.
B. 17—18 *unecht FJ*.

17_4 Al- *f.* All-. — $_5$ *unecht FJ.* — $_6$ mest merki *f.* merki mest *FJ.* — $_8$ *unecht FJ.* síþan *fehlt 748.*
18_3 *bis* B. 22 *unecht FJ.*
B. 22 um sik *muss vor* es hverr *stehen.*
19_{7-8} *unecht FJ.*
20_{1-4} *u.* B. 26_{1-4} *ein vers, das übr. unecht FJ.*
B. 25_2 munder *f.* er þú munder *FJ.*
B. 26_5 *unecht Rask; cfr. Lokas.* 60_6.
B. 27—8 *unecht FJ.*
21_2 ǫ́ *f.* ána *FJ.* — $_6$ urþot *f.* urþo þeir þó *(f. in 748)* lítt *FJ. Cfr. Grundtvig.* — $_{7-8}$ *unecht FJ.*
22_2 Einherjo *748,* einhverja *R.* — $_3$ línhvíta *f.* hina línhvítu *748,* ena lindhvítu *R. FJ.* — $_4$ laun- *748,* laung *R.* — $_5$ gollbjarta *f.* ena gollbjǫrto *R,* hina gullhvíto *748 FJ.*
B. 31—36 *unecht FJ.*
B. 31 þér *748,* þeir *R.*
B. 32 væra *R,* vas *748.*
23_4 vélta *R,* vilta *748.* — 23 *u.* B. 39_{1-2}, $_{7-8}$ *ein vers FJ.*
B. 38, 39_{3-6} *unecht FJ.*
24_1 here *f.* hernom *FJ.* — $_2$ *Die lücke FJ.*
B. 41 *unecht FJ.*
25_2 bauge munda *f.* munda bauge *FJ. Die lücke FJ.* — $_4$ sætta *R,* sætt hafa *748.*
B. 44—47 *unecht FJ.*
B. 44 haugom *f.* skaugum *748,* skógom *R, Bugge.*
B. 45 hauga *f.* skóga *Bugge.*
B. 47 œpa mono *748,* þú œpa myner *R.*
28_2 skyle *f.* skylde *FJ.*
29_2 fǫro *f.* fǫr þinne *FJ.*
B. 51—2 *unecht FJ.*
30_2 báte *f.* bátenom *FJ.*
31_1 firr *R,* frá *748.*
32_1 leiþ *f.* leiþina *FJ.* — $_2$ villat mik ferja *f.* þú vill mik (nú *748*) eige um vágenn ferja *FJ.*
33_3 stoks *748,* stoksins *R.* — $_4$ en — ǫnnor *f.* ǫnnor til steinsins (steins *748*) *FJ.* — $_5$ vegs *748,* vegsins *R.* — $_6$ Verland hitter *f.* hitter Verland (Valland *748*) *FJ.* — $_{9-10}$ *unecht FJ.*
B. 57—8 *unecht FJ.*
B. 57 í dag *R,* á dege *748.*
B. 58 verande *R,* rennande *748.* — ek *f.* es ek *FJ.*
34_1 okkat *748,* okkat vera *R.* — $_2$ alls *f.* alls þú mér *R,* er þú vill *748.* skœtingo *f.* sk. einne *FJ.* svarar *R,* svara *748.* — $_3$ monk *f.* monk þér *FJ.* — $_4$ sinn *f.* í sinn *FJ.*
B. 60 *unecht FJ.* — allan *R,* allir *748.*

Hymeskviþa.

1_8 hvera *R,* hverja *748.*
3_2 orþbægnom *f.* orþbægenn *FJ.*
5_5 afe *f.* faþer *FJ.*
B. 6 *unecht FJ.*
6_2 framan *f.* fram *R,* frálega *748 FJ.*
8_5 faþer *748,* frí *R.*
10_{5-6} *unecht Grundtvig.*
11_1 Sé *lies* Se. — $_7$ afr *f.* aþr *Grundtvig.*
17_1 vænter mik *748,* vænto ek *R.* — $_2$ myne *R,* mvnet *748.*
19_8 lengra at róa *f.* at róa lengra *FJ.*
20_1 meirr *748,* mærr *R.* — $_4$ eþa *fehlt in R.*
21_5 agne *748,* ǫngle *R.*
22_2 *f.* þórr þonarr?
23_2 hraun- *f.* hrein- *Vigf. Dict.* hruto *748,* hlumþo *R.* — $_{5-6}$ *unecht Dietrich.*

24_2 *Die lücke FJ.* — $_5$ svát at *f.* svá at *Bugge.*

25_2 *Die lücke FJ.*

26_6 ok *748,* ok meþ *R.* — $_{9-10}$ *unecht FJ. Cfr. Hildebrand v. 26—7.*

31_8 heitt *748,* hȩt *R.*

32_2 mætteþ *R,* mætter *748.*

33_3 steig *R,* stóþ *748.* — $_5$ hófsk *f.* hóf sér *Sievers.* = 35_1.

34_1 Fórot *f.* fóro *G. Pálsson, cfr. 36*$_1$. — $_8$ fiǫl *748,* fiǫlþ *R.*

35_2 standande *f.* standanda *FJ. Die lücke FJ.* — $_7$ hvale *748,* vala *R.*

36_5 skær *f.* skirr *Rask.* — $_6$ beine *f.* banni *SvbEg.*

37_1 Er *f.* Enn er *FJ.*

38_8 eitrormmeiþe *f.* eitt hǫrmeitit *Bugge.*

Lokasenna.

In R; in SnE. findet sich 21$_{1-2}$ *u. 47*$_3$ *u. 29*$_{4-6}$ *als ein vers citiert!*

$2_{1,\,2}$ vǫ́pn . . . vígrisne *f.* vǫ́pn sín . . . vígrisne sína *Sievers Pr.* — $_6$ vorþe *f.* orþe *FJ.*

3_6 blendk *f.* ok blend ek þeim *FJ.*

8_4 æser *f.* þvíat æser *FJ.*

12_3 svá *f.* svá bauge *FJ.* — $_6$ gremjat *f.* gremþu eigi *Sievers Pr. Cfr. Grundtvig.*

13_1 mækes *f.* armbauga *FJ.* bauga *liest Sievers Pr.* — $_7$ *unecht FJ.*

14_1 Ef *f.* Veitk ef *Sievers Pr.* — $_2$ sem *f.* svá sem *ders.* — $_6$ lykak *f.* litt ek *Rask.*

16_1 Biþk þik *f.* Biþk *Sievers Pr.*

17_2 allra kveþk *f.* kveþk allra kvenna *FJ.* — $_4$ arma *f.* sízt arma *Sievers Pr.*

18_5 bjóre reifan *f.* bjórreifan *FJ.* — $_6$ fia *f.* frjá *Egilsson.*

21_3 Gefjonar *f.* Gefjon at *FJ.* — $_4$ aldar *f.* þvíat aldar *Sievers Pr.*

23_{7-8} *unecht Hildebrand.* — $_7$ bǫrn of *Rask, fehlt in R.*

24_1 síþa *f.* síga *G. Pálsson.*

26_4 Vóa *f.* er þá Vóa *Sievers Pr.*

27_1 Ef *f.* Veizt ef *FJ.* = 43_1 = 50_1 = 51_1.

31_2 fremr at þér *f.* at þér fremr *FJ.* — $_3$ ógótt *lies* ó-gótt. — ’ó *f.* ’ó þér *Sievers Pr.*

$32_{5,\,6}$ at . . . stóþo þik *f.* síztu (sizt þik *Bugge*) at . . . siþo (stóþo *Bugge*) *FJ.*

$33_{2,\,3}$ varþer fáe | vers *f.* varþer | vers fáe *FJ.* — $_4$ undr *f.* hitt es undr *FJ.*

34_2 austan *f.* austr heþan *FJ.*

38_4 hǫnd ena *f.* handar ennar *FJ.* — $_5$ monka *f.* mun ek *FJ.* — $_6$ þér *f.* es þér *FJ.*

39_4 betr *f.* vel *Bugge.*

$40_{5,\,6}$ aldrege | þess *f.* þess aldrege | *FJ.*

41_3 unz of *f.* unz *Hildebrand.*

$46_{4,\,5}$ í . . . | finna þik *f.* ok þik í . . . | finna *FJ.* — stráe *f.* strá *Sievers Pr.*

47_2 est *f.* es *Bugge.* — $_4$ ofdrykkja *f.* þvíat ofdrykkja *FJ.*

49_4 þik *f.* þvíat þik *Sievers Pr.*

52_4 verþr *f.* verþr oss *Sievers Pr. Prosastück:* Sif *fehlt R.*

53_1 ves *f.* ves þú nú *FJ.* — $_6$ -lausa *f.* lausom *G. Pálsson.*

54_4 *unecht FJ.*

55_1 Fjǫll *f.* Fjǫll ǫll *FJ.* — $_3$ heim *f.* heiman *FJ.*

57_2 skal *f.* skal minn *Sievers Pr.* = 59_2 = 61_2 = 63_2.

58_2 hér *f.* hér nú *FJ.* — $_1$ burr *Bugge, fehlt in R.* — $_7$ ulf *f.* ulfinn *Grundtvig.*

60_4 þumlunge *unecht Sievers Pr.*

62_7 *unecht FJ.*

65_6 *unecht FJ.*

Þrymskviþa.

4_4 silfre være *f.* være (ór) silfre *GVCpb. Der ganze vers unecht?*

5_1 þá fló *f.* Fló þá *FJ.* = 8_1. — $_3$ útan *f.* fyrer útan *FJ.* = 8_3. — $_{5-6}$ *unecht FJ.* = 9_{5-6}. — $_{11-12}$ *unecht Grundtvig.*

8_7 þóre *f.* hann þór *Symons.*

12_{5-6} *unecht FJ. mit Grundtvig.*

16_2 enn þrúþge *f.* þrúþogr *FJ. lücke Grundtvig.*

17_3 þórr *l.* þonarr *Sievers Pr.*

18_4 *Die lücke FJ. Bugge und Grundtvig nehmen an, dass die erste hälfte verloren sei.*

20_1 kvaþ þat *f.* kvaþ *Munch.* — $_2$ *Die lücke Grundtvig.*

22_5 fœra *f.* fœreþ *Bugge.*

23_1 Ganga *f.* Ganga hér *Sievers Pr.* — $_{7-8}$ einnar . . . | þykkjomk *f.* einnar mér . . . | þykker *Sievers Pr.*

24_{7-8} *unecht Dietrich.*

27_7 þykkjomk *f.* þykke mér *Sievers Pr.* — $_8$ eldr of *Rask, fehlt in R.*

29_{9-10} *unecht Grundtvig.*

32_{9-10} *unecht Dietrich.*

Alvíssmǫ́l.

In R. V. 20 u. 30 auch in SnE.

1_6 skal *f.* skalat *FJ.*

2_5 þykkjomk *f.* þicci mér *FJ.*

3_6 bregþet . . . firar *f.* bregþe enge . . . fira *FJ. cfr. Sievers Sk. (Beitr. VI, 371).*

7_2 vilk *f.* es ek vil *Rask.*

8_6 viljak *f.* ek vil *GVCpb.*

10_2 ǫ́som *f.* alsum *Bugge.*

13_4 hvé *f.* hverso *Bugge.*

14_3 hvól *unecht FJ.*

16_8 leika Dvalens *f.* Dv. leika *Sievers.*

20_2 vǫ́foþr : vǫnsuðr *748.* — $_6$ kalla i heljo hviþoþ *R, 1eβ,* heiter í heljo hlǫmmoþr *748 r.*

22_3 vindslot *f.* vinzflot *Rask.*

28_2 fax : far *R.*

30_2 njól *R,* njóla *U 748 1eβ.* — meþ goþom *R 748 1eβ,* í heljo *U.* — $_3$ *in U:* Kǫlloþ es gríma meþ goþom. — $_4$ óljós *R 748,* Ósorg *r 1eβ,* oldrg(!) *U.*

Baldrs draumar.

Nur in 748.

2_2 enn aldne *f.* allda *FJ.*
3_4 gól of : golv *748.*
4_4 vǫlvo *f.* vǫlo *Sievers Pr.*
5_3 hǫfomk *f.* mér hefr *Sievers Pr.*
6_2 emk V. sonr *f.* sonr em ek V. *FJ.* — $_4$ ek — mon *f.* ek man ór heime *FJ.* — $_8$ flóeþ es *f.* floþ *FJ.*
$8_3 = 10_3 = 12_3$ unz 's *f.* unz *FJ.*
9_2 -baþm *f.* barm *Hildebrand.*
11_1 Vála *Bugge, fehlt in 748.* — $_{3-4}$ *unecht FJ.* — $_5$ þværat *f.* þvær *Sievers Pr. mit Rask u. AM.*
13_4 enn aldne *f.* aldenn *FJ, cfr. 2_2.*
14_2 hróþegr ves *f.* ves hróþegr *FJ.*

Rígsþula.

Nur in W.

1_1 ár *f.* at *citat in U s. SnE. III prolog. s. LXV.*
3_2 *Die lücke Grundtvig.*
5_{1-2} *u.* $_{3-4}$ *von Bugge umgestellt.*
6_{3-4} *unecht FJ.* — $_9$ hǫrund- *f.* hǫrve *FJ.*
7_3 *Die lücke Bugge.*
8_{1-2} *Bugge stellt um.* — $_4$ megens *f.* magns *Bugge Arkiv I, 306.*
9_4 *lücke Grundtvig.* — $_7$ vas *f.* es *AM Rask.*
10_{1-2} *in der hds. steht die zweite zeile vor der ersten. Umstellung nach Bugge.*
12 *Die lücke FJ.*
13_{9-10} *an dieser stelle unecht FJ.*
15_4 *Die lücke FJ.*
18 *Die ergänzung (z. 1) und die versetzung der 2 zeilen vgl. Bugge Arkiv I, 305—6.*
19_{1-2} *Die ergänzung nach Bugge.*
21 *Die lücke FJ.*
27_4 léko *f.* at leika *FJ.*
26—8 *Die strophenteilung nach Bugge Arkiv I, 307.*
29_2 *lücke Grundtvig.*
31_3 *unecht, cfr. Bugge Arkiv I, 306.*
32_{5-8} *eingesetzt von Bugge.*
33_{3-4} *unecht FJ.*
34 *lücke FJ.*
35_{5-6} *unecht Grundtvig;* $_{7-8}$ *unecht FJ.*
36_{9-10} *unecht FJ.*
37_{5-8} *unecht FJ.*
39_1 Óko *f.* okum *Bugge.* — $_5$ mey átte *f.* mætte *Bugge.* — $_6$ mjófingraþa *f.* mjofingarðe *Bugge.* — $_7$ hvita . . horska *f.* hvítre . . horskre *Bugge.* — $_8$ hét sú *f.* héto *Rask.*
41—2 *Die strophenteilung nach Bugge Arkiv I, 310.*
42_1 enn *f.* einn *Bugge Arkiv I, 310.*
44_3 of *f.* ok *Rask.* — $_4$ *lücke Bugge.*
46_4 *lücke FJ.*
47_7 hjǫrom of bregþa *Bugge, fehlt in hds.*
49—50 *hierher gesetzt nach Bugge Arkiv I, 307—10; vgl. 23, 28.*

Hyndloþjóþ.

Nur in der Flateyjarbók.

1 $_8$ vés *f.* til vés *AM Rask.*

2 $_1$ Herja- *f.* herians *Munch.* — $_4$ verþungo *f.* verdugum *N. M. Petersen Nord. myth. 155.*

3 $_1$ sumom *f.* sunom *Bugge Grundtvig.*

4 $_{5-6}$ *unecht FJ.*

B. 5 $_{5-8}$ *unecht FJ.*

5 $_5$ hafer *f.* hefer *FJ.*

6 $_{5-10}$ *unecht FJ. z. t. mit Grundtvig.* — $_{11}$ senn í *f.* sennom vit ór *Bugge Arkiv I, 260.* — $_{15-16}$ *unecht FJ.*

8 $_2$ of *Bugge Arkiv I, 260, fehlt in F.*

9—11 *hierher gesetzt FJ.*

9 $_5$ = 10 $_5$ Óþs *f.* edl- *Bugge Arkiv I, 263—5.*

10 $_1$ Óþe *f.* ædi *Bugge.* — $_3$ þér *f.* þeir *Bugge.* — $_{7-8}$ *eingesetzt von Bugge.*

11 $_4$ óbrend *f.* á braut *Bugge Arkiv I, 265.*

12 $_{5-7}$ *unecht FJ.*

14 $_6$ Fríund *f.* Friaut *Bugge.*

15 $_6$ framr gerþe *f.* framer gerþo *Bugge.* — $_7$ hvarfa *f.* hvarfla *FJ.*

16 $_3$ vá *fehlt in F.* — $_6$ kvenna *f.* kvinnu *Bugge.*

B. 16 *unecht Grundtvig.*

17 $_3$ dótter *f.* barn *FJ.* — $_4$ *die lücke FJ.*

18 $_{9-10}$ *unecht Grundtvig.*

19 $_{7,\,8}$ Hilde . . . Halfr *f.* elldri . . . Aalfr *Bugge Arkiv I, 249—51.*

20 $_{7-8}$ *unecht (cfr. 24 $_{5-6}$) Grundtvig.*

22 $_{1-2}$ *eingesetzt v. Munch.*

23 $_1$ þeir í Bolm austr *f.* ani omi *Grundtvig.* — $_2$ borner vǫ́ro *f.* vǫ́ro borner *Grundtvig.* — $_5$ vas *eingesetzt FJ.* — $_6$ bǫl *f.* bǫls *FJ.* — $_{9-10}$ *unecht Grundtvig.*

24 $_{1-4}$ = B. 22 *hierher gesetzt nach Bugge Arkiv I, 256.* — $_8$ *lücke cfr. Bugge Arkiv I, 251—4.*

25 $_{1-2}$ = B. 28 $_{9-10}$ *hierher gesetzt Bugge Arkiv I, 251—4.* — $_4$ Jǫrm. *f.* frá Jǫrm. *Sievers Beitr. VI, 340.*

27 $_{7-8}$ *unecht FJ.*

28 = B. 32 $_{1-4}$ *Hierher gesetzt nach Bugge Arkiv I, 257—8.* — $_2$ hóts *f.* hóte *Sievers Beitr. VI, 340.*

29 $_{9-10}$ *unecht FJ.* — *lücke FJ.*

30 $_2$ geste *f.* gelte *AM Rask.* — $_5$ þessar *f.* þessa *AM Rask.* — $_8$ rekja *f.* reikna *AM Rask.*

31 $_3$ eitr- *f.* eitre *Bugge Arkiv I, 265.* — $_4$ *lücke FJ.*

Vǫlospǫ́ en skamma

= *Hyndloljóþ B. 29—44. 32 $_{1-4}$. Cfr. SnE. I, 42-4, wo es heisst:* svá sem segir í Vǫluspá hinni skǫmmu.

1 $_3$ es Baldr of *f.* Baldr es *FJ.* — $_{7-8}$ síns hann . . . | sló *f.* síns . . . | sló hann *Bugge Arkiv I, 261.* — $_{9-10}$ *unecht.*

2 $_{5-6}$ *unecht FJ.*

3 $_4$ longra *f.* fleira *AM Rask.*

5 $_2$ Vitt- *f.* Viþ- (vict- *U*) *Grundtvig.* — $_5$ seiþ : skil- *F.*

B. 36 *unecht AM Rask.*

12 $_1$ át *f.* af *Grimm Myth.*[3], *XXXVII.* — $_4$ kono *f.* komo *AM Rask.*

13 $_8$ rǫgn *f.* regn *Bugge mit SvbEg.*

14 $_6$ -úþgastan *f.* -auþgastan *Grundtvig.*

Volundarkviþa.

Prosa z. 2 l.: hǫ́n.

1 $_{2}$ gǫgnom *f.* ígǫgnom *FJ.* — $_{3}$ almvitr ungar *f.* alvitr unga *Grundtvig, doch s. Sievers Beitr. XII, 488.*

2 *lücke Bugge.*

3 $_{2}$ *lücke J. Grimm (Lieder d. alten Edda I, 1815).* — $_{8}$ Vǫlundar *f.* ǫnundar *AM Rask.*

4 $_{9-10}$ *unecht Ettmüller.*

5 $_{2}$ veþr- *f.* vegr- *G. Vigfusson.* — $_{3-4}$ *nach Bugge.*

7 $_{1-2}$ *lücke FJ.* — $_{4}$ baugom *f.* bauga *FJ.* — $_{8}$ of koma *f.* koma *FJ.*

8 $_{5}$ nǫ́tt *f.* nǫ́ttom *FJ.* fóro *f.* vǫ́ro *AM Rask.* — $_{6}$ negldar *f.* negldar vǫ́ro *FJ.* — $_{8}$ skarþan *f.* enn skarþa *FJ.*

9 $_{8}$ es *f.* es sá *FJ.*

11 $_{1}$ brátt inne *f.* brunne *FJ.* — $_{3}$ ár *f.* hár *AM.* — $_{4}$ allþurro fúrr *f.* allþur fura *FJ.* — $_{5-6}$ *unecht FJ.* $_{11-14}$ *unecht FJ.*

12 $_{3-4}$ viljalauss | of vaknaþe *f.* hann vaknaþe | vilja lauss *FJ.* — $_{5}$ visse *f.* visse sér *FJ.*

13 $_{3}$ beste- *f.* beste byr *FJ.* — $_{4}$ bundo mik *f.* mik bundo *Ettmüller.* — $_{5-6}$ *unecht Hildebrand.*

14 $_{1}$ vas *f.* vas þar *FJ.* — $_{3}$'s *f.* hugþak *FJ.*

B. 15 *unecht.* — $_{2}$ vas Hl. boren *f.* boren vas Hl. *FJ.*

15 $_{1-2}$ *nach Bugge, welcher jedoch schreibt* stendr, *nicht* stóþ.

16 $_{2}$ frǫ́nom *f.* þeim enom frána *FJ.* — $_{4}$ tíþ es *f.* hǫ́num es tíþ *FJ.* — $_{5-6}$ *unecht Grundtvig.* — $_{8}$ sinna *fehlt in R.*

17 $_{1}$ Sék *f.* Skínn *Zupitza Anz. f. d. alt. IV.* — $_{6}$ þóttomk *f.* mér . . þótte *FJ.* — $_{9-10}$ *unecht FJ.*

B. 19 *unecht FJ.*

18 $_{1}$ = 29 $_{1}$ ofvalt *f.* avalt *FJ.*

19 $_{5}$ fjǫl . . . meina *f.* fjǫld . . . menia *FJ.*

21 $_{1-2}$ kallaþan . . . lét *f.* kallaþ (!) *FJ.* — $_{3}$ bróþer *f.* bróþer á *FJ.*

23 $_{4}$ kvǫ́n *f.* kono *Rask.*

24 $_{2}$ *lücke Grimm.*

26 $_{1}$ hann *f.* þvíat hann *FJ.* — $_{8}$ -gjǫrnom *f.* -gjarnra *FJ.*

27 $_{9-10}$ *unecht Grundtvig.*

28 $_{1}$ stóþ *f.* stendr *FJ.*

29 $_{2}$ of *zugefügt FJ.* vilja- *f.* vilja ek *Keyser.* — $_{4}$ síz *f.* síz mína *FJ.*

30 *lücke Grundtvig.* — $_{4}$ húnom *f.* sonom *AM Rask.*

31 $_{3-6}$ *unecht Hildebrand.* — $_{11-12}$ *unecht FJ.*

32 $_{2}$ es gerþer þú *f.* þeirar es þú gerþer *FJ.*

33 $_{4}$ selda *f.* senda *AM.*

35 $_{9-10}$ *unecht FJ.*

36 $_{4}$ þá epter sat *f.* sat þá epter *Ettmüller. Die lücke FJ.*

37 $_{2}$ mínn *f.* mínn inn *FJ.* — $_{6}$ mey bráhvíta *f.* meyna bráhvíto *FJ.* — $_{7}$ gange *f.* ganga *FJ.*

39 $_{1-2}$ *unecht FJ.* — $_{8}$ vinna *fehlt in R.*

Gróttasǫngr.

Nur in r; v. 1 auch in 1eβ.

1 $_{1}$ ero *1eβ*, erom *r.* — $_{8}$ hafþar *r,* giǫrvar *1e β.*

2 $_{8}$ = 10 $_{2}$ gréa : gria *r.*

3 $_{1}$ *lücke FJ. Bugge lücke nach 4 (2).*

4 $_{4}$ *lücke FJ.* — $_{8}$ meldrs *f.* meldr *FJ, vielleicht richtiger* melds.

5_{3} ok fjǫl *f.* fjǫlþ *FJ.*

7_{1-2} *lücke Bugge.* — $_{5}$ lengr *Ettmüller, fehlt in r.* — $_{6}$ en *f.* ne *SvbEg.*

9_{8} bornar erom *f.* erom bornar *FJ.*

11_{5} stóþom *f.* stóþo *Ettmüller.*

13_{5} sneiddom brynjor *f.* beiddom bjǫrno *Bugge.*

14_{4} *lücke FJ.*

18_{6} vill hlýþa *f.* þú hlýþa vill *FJ.*

21_{3} hǫ́n *f.* þvíat hǫ́n *FJ.* — $_{7}$ járne varþar *f.* íarnar fiarþar *SvbEg.*

22_{3} vígs *f.* viþ *N. M. Petersen (Danm. Hist.² 157.)*

23_{4} *lies* skulfo.

24_{2} *lücke FJ.* — $_{6}$ senn *f.* sem *Rask.*

Grógaldr.

3_{2} skaut *f.* skauztu *Bugge.* — $_{5}$ kvæmtke *f.* kveþki *Bugge.*

6_{2} es *f.* þann *FJ.* — $_{3}$ Rinde *f.* Rindr *G. Vigfusson.*

7_{6} *lies* sinnom *f.* smán *Bugge.*

10_{4} leysegaldr *f.* leifens (leifnes) elda, leifnis eldir (eldu) *Bugge.* — $_{7}$ *unecht Munch.*

12_{6} haldesk æ *f.* haldit or *Bugge.*

13_{4} at *f.* at því *FJ.*

14_{5} míme *f.* minnes *Bugge Stud. 101.*

16_{4} iþ- *f.* æ- *Bugge.*

Fjǫlsvinnsmǫ́l.

1_{3} sjǫt : sjol *einige hdss., kein existierendes wort. lücke FJ.*

2_{3} hvarfar *f.* hvarflar *FJ.* — $_{4-6}$ *unecht FJ.*

3_{4} sœmþar *f.* sœmþarorþ(a) *FJ.*

5_{2} fáa *f.* fán, at fá *FJ.*

9_{4} hvé *hier und im folg. f.* hvat, hversu *FJ.*

13_{5-6} *so nach Bugge:* oc gifur reka (roka, rata, rekar) giorþa (gorþa, giorþu) fyrir lǫndin lim (kuir, knyr, lini) *die hss. ganz verderbt und sinnlos.*

14_{5} of varþa þeir *f.* er þeir varþa *FJ.*

18_{1} veng- *oder* vegn- *hdschrr.* — $_{6}$ hlaupe *f.* hlaupa *Bugge mit einer hds.*

19_{4} barmr *f.* barr *FJ.*

20_{2} mange veit *f.* fáer vito *AM.* — $_{6}$ eld *f.* eldr *FJ.* $= 21_{6}$.

24_{5} þryngr *f.* þrungur, þrongoz, *Munch.* — $_{6}$ Surtr *u.* surtar *hdschrr.*

26_{1} Læva- *f.* Hæfa- *Bugge.* — $_{2}$ es *f.* en hann *FJ.* rúnom *f.* rúinn *Bugge Aarb. 1869.*

32_{3} bjargs *f.* brodds *FJ.*

33_{4} hverer . . . gerþo *f.* hver . . . gerþe *Bugge Aarb. 1869.*

36_{3} sárom *f.* sári *Bugge.* — $_{5}$ heljar- *f.* árs *Bugge Aarb. 1869.*

38_{1} ein *hier zugefügt nach Bugge Aarb. 1869.* — $_{2}$ þrasa *f.* þursa *Bugge.* — $_{3}$ -vara *f.* -varþa *FJ.* $_{4}$ Bleik *f.* Bliþr *Bugge Aarb. 1869.*

40_1 Bjarga *Bugge, fehlt in hss.* — svinnar *f.* sumur *Bugge.* — $_4$ svá *f.* ei svá *FJ.*
43_2 mér *hinzugefügt FJ.*
47_3 vindkalda *f.* vindar kalda *Grundtvig.*
49_6 est *f.* est aptr *Bugge.*
50_6 aldre *f.* aldr *FJ.*

Bruchstücke.

I. 1_5 þóttomk *f.* mér þótte *FJ.*

Erläuterungen einiger stellen.

Vǫlospǫ́.

2_6 ívíþe *von* íviþr *oder* íviþe *(ntr.) = raum im weltbaum (Mülh. DAV).*

4_6 salar *v.* salr: *hier = die ganze erde. Die Vǫlva stellt sich das universum als ein gebäude vor.* $_7$ vas *(nicht = war, sondern) = wurde.*

B. 5 *Die bedeutung dieser strophe hat Hoffory in den Sitzungsberichten d. Berl. akademie 1885 sehr schön dargelegt.*

B. 18. 1) ǫnd, 2) óþr, 3) lá, 4) læte, 5) liter = ǫnd ok líf, vit ok hrœring, ásjón, mál ok heyrn *in SnE. I 52, so dass* 1) ǫnd = ǫnd ok líf ɔ: *der lebensatem,* 2) óþr = vit ɔ: *die vernunft; das erste zeichen der vernunft ist die bewusste bewegung,* 3) lá *bedeutet blut (diesem entspricht nichts in SnE.),* 4) læte = mál ɔ: *die stimme,* 5) liter = ásjón ɔ: *das aussehen, das antlitz.* (Heyrn *hat nichts in der Vsp. entsprechendes.)*

B. 20_7 skǫ́ro á skíþe = *sie schnitten (den namen Svb Eg.) in eine holztafel ein. Der ausdruck umschreibt das einfache: sie nannten.* — $_{12}$ orlǫg *zweites object zu* kuro.

8_{5-6} *„sie zauberte, wo sie es konnte, sie zauberte, so dass der leute sinn verrückt ward."*

10_3 enn *gehört zu* fyrst *in z. 4:* þat vas enn fyrst ɔ: *es war wieder (ein totschlag) im beginne der welt,* fyrst *adv.* — $_7$ vigskár = herskár ɔ: *(vom schlachtfelde) auf dem ein kampf stattfindet,* vígskár vǫllr *also einfach = schlachtfeld.*

12_4 gengosk eiþar ɔ: *die eide ‚bewegten sich', waren nicht fest, wurden gebrochen.*

13_7 veþe V. *apposition zu* forse. fors ɔ: *der brunnen wird hier identificiert mit dem auge Odins, das darin aufbewahrt wurde.*

15_2 hvar *hier* = at, *dass.*

16_3 fekk = *sie hatte erhalten* (*Mülh. DAV*). — $_4$ spágandar = *weissagungsstäbchen, zauberstäbchen, um mit ihrer hülfe zu weissagen.*

17_{10} nǫnnor Herjans *eine umschreibung der valkyrien.*

18_2 blóþogr = *blutig, hier anticipiert vom Baldr, den die vǫlva im geiste verwundet sieht.* blóþogr *d. i.* blǫ́þogr (*Bugge*) *ist sonst nicht nachweisbar;* blauþogr (*Mülh.*) *würde, wenn es existierte, ein sehr herabsetzender ausdruck sein.*

20_{3-4} „áþekkjan like lægjarns Loka" = *der gestalt des listigen Loke ähnlich, d. h. dem listigen Loke ä.*

24_3 vargr *eigl. wolf, hier: ungeheuer.*

32_{7-8} *unverständlich. Mülh's. conjectur ist ganz unzulässig, denn* hleypa *wird nur von einem reitenden gebraucht.*

347 niþfǫlr = *düster-bleich, von der unheimlich bleichen (graugelben) farbe des drachen.*

372 *„der zweite", der erste war ja Baldrs tod* (v. 19).

B. 554 valdýr = *das tier der toten, der wolf Fenrer.* — 5 mǫgr Hveþrongs, *des Loke sohn : Fenrer.*

391 Drepa = *schlagen (mit dem hammer).* — 7 neppr (= fjǫrneppr) = *sterbend.* — 8 níþs ókvíþenn = *üblen ruf nicht fürchtend (denn Thor hat als held gekämpft und die schlange getötet).*

424 iþjagrœnn = *hellgrün.*

452 sigtopter = *kampfwohnung, streitwelt, oder vielleicht nur bezeichnung der Valhǫll.*

Hǫ́vamǫ́l.

I.

16 flet *bedeutet stets: bank (zum sitzen).*

25 á brǫndom *unverständlich, soll vielleicht* á brautom *(auf den wegen, strassen) sein.*

136 uppe 's geþ = *die vernunft (des mannes) ist da weg, er wird betrunken und benimmt sich, als wäre er ohne verstand.*

141 Haldet = *man halte nicht beständig (das gefäss) in der hand — und doch soll man trinken, aber mit mass.*

203 vǫ́ *vielleicht fehler f.* vrǫ́, *winkel (G. Vigf. Eyrb. L).*

246 þótt = *ob er nicht vielleicht.*

253 virþe *ntr. (Bugge) = gelage; kaum dat. v.* virþr, *nebenform zu* verþr *(Noreen: Altisl. grt. § 173).*

313 at været þiggja þeget = *dass das empfangen nicht wie empfangenes wäre (ↄ: dem, der die gabe empfängt) = dass das gegebene nicht wie gegebenes sei (ↄ: dem geber, [der stets eine wiedergabe erwartet]).*

333 þat 's á sjǫlfom sýnst = *das kann man am leichtesten aus eigener erfahrung kennen lernen, dass man nämlich sich über geschenke freut (Richert).*

401-2 Miket eitt skala = *Nur ein wenig soll man;* -a *gehört dem begriffe nach zu* miket: miket -a = lítet, lítet eitt = *nur ein wenig.*

416 dœlskr af dul = *durch selbsttäuschung (dummes selbstvertrauen) töricht.*

421-3 *„Wo die seen klein sind, da sind auch die küsten klein"; so ist es auch mit dem menschen, sie sind klein, wenn ihr verstand klein ist (Grundtvig).* — 6 halb . . . hvar = *unvollkommen . . . überall.*

52 *Die besten dinge sind:* 1) eldr *(feuer),* 2) sólar sýn *(das vermögen, die sonne zu sehen),* 3) heilynde *(gesundheit) und* 4) at lifa án lǫst *(ein reines leben zu führen).*

545-6 auþgom — durom = *für einen reichen mann (um darauf verbrannt zu werden), selbst lag er (der reiche mann) tot ausserhalb der tür.*

B. 743 rá *kann nichts anderes bedeuten als segelstange.*

B. 756 vítka vár = *tadeln* (vítka *ein iterat. v.* víta) *für seinen fehler (denn in wirklichkeit ist es kein fehler).*

B. 80 *ist keine ordentliche visa, sondern eine lose sammlung einzelner verse, die nichts miteinander zu tun haben.*

II.

B. 90 beite *v.* at beita = *segeln, steuern.* stjórnlauso ɔ: skipe.

7_{3} vísom vilja frá = *von meinem besonnenen geiste weg* ɔ: *so dass ich beinahe verrückt wurde.*

8_{4-5} „*mit brennenden fackeln* (*so dass ich mich nicht hineinschleichen konnte*) *und mit zusammengetragenen hölzern*“ (*wodurch mir der weg versperrt wurde*).

III.

4_{1-2} Létomk (ɔ: ek lét mér) Rata munn of fá rúms = *Ich lies Rates mund mir platz schaffen.*

5_{6} vé alda jaþars = *wohnung des herren der geschlechter* ɔ: *Valhal.* alda jaþarr (*cfr.* Gautatýr, Herjafǫþr) = *Odin.*

IV.

15_{7-8} gjalte glíker verþa = *vor furcht die besinnung verlieren* (gjalte *v. dem irischen* geilt, *siehe Fritzner*[2] *604 a*). — $_{9}$ þítt *ungefähr* = þik.

B. 137_{11} hýróg = *zwist zwischen dem gesinde.* — $_{13-14}$ *ist ein überrest von einer strophe, die enthielt, was man gegen verschiedene übel nehmen* ɔ: *brauchen soll.*

V.

2 *ziemlich dunkel.*

4 *ist keine ordentliche strophe.*

6 *zu allen verben der vísa muss man die runen als object sich denken* (rísta rúnar, ráþa rúnar, fáa rúnar *oder* í rúnom, freista rúna, biþja rúnom (*instr*)., blóta rúnom, senda rúnar, sóa rúnom).

7_{7-10} *unverständlich.*

VI.

$6_{2, 3}$ sœra hrótom hrás viþar = *durch beschwörung mit hülfe von wurzeln eines saftfrischen baumes auf einen wirken.*

7_{8} sessmeger = sitjande menn, *sitzende leute* (meger *hier blos umschreibend*).

15 *der inhalt ziemlich dunkel.*

B. 162 *keine ordentliche strophe.*

Vafþrúþnesmól.

2_{1} letja = *durch abraten jem. zurückhalten.*

5_{5} Hýms faþer = *vater des Hymes* (*eines riesen*), *der riese Vafþr.*

8_{1} Gangráþr = *Wanderer* (*K. Gísl. Tillægs bemærkn. om* -ríðr. *Aarb. f. nord. Oldk. 1870, 135—6*).

12_{6} mǫn *ist nominativ.*

19_{6} geþspeke (*so zweifelsohne im cod.*) = *die geistesweisheit; cfr.* geþsnjallr, geþhorskr.

28_{4-6} „*wer im beginne der zeit der älteste war, sei es ein Ase, sei es ein riese.*“

35$_6$ lúþr = *totenbahre* (?).

38$_6$ hǫrgr *bedeutet eigentlich den tempel der göttinnen, s. SnE I, 62. Der uneigentliche gebrauch hier weist auch darauf hin, dass diese zwei zeilen unecht sind. Cfr. Grm, B. 16$_6$.*

43$_8$ ór heljo *ist sicher unecht; nirgends ist von einem zweiten tod in der nordischen literatur sonst die rede.*

46$_6$ fenrer = *wolf* ɔ: *Skoll, siehe Grm. B. 39.* fara *mit acc.* = *einholen.*

49$_{1-3}$ þríar þjóþer meyja falla yfer þorp Mǫgþrases = *drei scharen von mädchen kommen zum dorfe Mǫgþrases. Diese mädchen sind die nornen, die die frauen entbinden. S. Fáfn. 12 u. 13.* Mǫgþraser *ist eine symbolische bezeichnung des menschen („söhne verlangend"), „das dorf des Sohnverlangers" eine bezeichnung der welt, des Miþgarþr.*

51$_6$ Vingnes at vígþrote = *wenn V. nicht mehr kämpfen kann* ɔ: *nach dem tode des V.*

54$_5$ stige, *subj. ist* sonr ɔ: Baldr.

Grímnesmǫ́l.

1$_8$ gǫngomk = gakk mér (*dies abhängig von* firr) ɔ: *gehe weg von mir.*

B. 16$_6$ *siehe die bemerkung zu Vaf. 38$_6$.*

B. 17$_{4-5}$ læzk af mars bake = *sagt, auf dem rücken des rosses sitzend, (dass er den vater rächen will). Bugge, Aarb. f. nord. Oldk. 1869, 258.*

11$_6$ valglaumr *vielleicht die menge der gefallenen* ɔ: *die Einherier* (*Svb. Eg.*).

B. 24$_3$ meþ bugom = meþ hringom = *gänzlich, alles in allem, wenn man alles mitzählt. Vgl. GV. Dict.* hringr I, 3.

B. 37$_6$ ísarnkol = *eiserne kühle* ɔ: *windbälge, nach der erklärung in SnE. I, 56.*

B. 39$_3$ til varna viþar = *zum schützenden walde. Man sagte von der sonne: „die sonne sinkt in den wald"* (sól gengr til viþar); *wenn die sonne im walde abends untergeht, ist sie frei von der verfolgung Skolls. Bis zum walde wurde sie also verfolgt, aber nicht weiter.*

17 u. 18 *Zum richtigen verständnis dieser strophen fehlen uns andere berichte.* vilbjǫrg (v. 18$_3$) = *gute, willkommene rettung.*

21 *Der inhalt dunkel.*

24$_1$ valr *hier von Geirrøþr allein.*

Skírnesmǫ́l.

3$_5$ endlanga *gehört zu* sale (*Bugge, Tillæg*).

7$_1$ Mær = *mädchen* ɔ: Gerþr. — $_3$ *nach* ungom *muss man sich denken:* vas mær tíþ — *„das mädchen ist mir teurer als irgend einem jünglinge ein mädchen jemals gewesen ist".*

10$_7$ jǫtonn : *der vater der Gerdr.*

21$_1$ Baugr ɔ: *Draupner. S. SnE. I, 176—8.*

30$_2$ gerstr *entweder superl.* (v. gǫrr), *der ganze (tag), oder ein adj.* = *bitter (so Fritzner*[2]). — $_4$ hrímþurs ɔ: Hrímgrimner (*v. 34*), *den die Gerdr zum ehemanne bekommen sollte* = þurs *31* $_1$.

35 $_3$ *braucht nicht eine erklärung der „drei stäbe“ z. 2 zu sein.*

36 $_6$ vaninge *einer vom geschlechte der Vanen.*

37 $_5$ þroskamikell = *eig. v. gutem gedeihen, kräftig.*

41 $_6$ hýnǫtt *vielleicht eine schlimme, unheimliche nacht, von* hý- *in* hýe, = *sklave; in zusammensetzungen wird oft* þræll *von etwas sehr schlimmen gebraucht, vgl.* þrælsháttr, þrælavinna, þrælmenni (=illmenni). *Diese auffassung nach mündlicher mitteilung dr. Kålunds.*

Hárbarþsljóþ.

9 $_2$ sekr = *schuldig der verbrechen oder übelthaten* ɔ: *gegen die riesen; Thor glaubt, dass der* ferjokarl *ein riese sei.*

13 $_3$ ǫgorr = *bürde* ɔ: *sein korb 3* $_3$. (*Richert.*)

15 $_4$ es . . . hǫfoþ = *dessen haupt.*

B. 18 $_{5-6}$ *„Sie flochten faden aus sandkörnern“* ɔ: *sie arbeiteten vergebens. Die zwei folgenden verse sind desselben inhalts.*

21 $_6$ gagn = *sieg. „Sie freuten sich nicht über den sieg“* ɔ: *sie hatten keinen sieg, um sich darüber zu freuen, sie erlitten eine niederlage.*

25 *ist dunkel.*

33 $_2$ es at (*nicht* esat) *ist das einzig richtige; man beachte nur den gegensatz zwischen* lítet *und* langt.

B. 58 *dies prosastück sagt: „Ja, du wirst hin gelangen, aber mit not und mühe; wenn die sonne aufgeht, nehme ich an, dass schnee und eis zerschmelzen wird“* (*und dies wird deine mühe vermehren*).

Hymeskviþa.

1 $_3$ sumblsamer ɔ: vǫro. — $_6$ ǫrkost hvera *ist ganz richtig* = *reichtum an kesseln. Die götter fanden ganz gewiss bei Ægir einen guten vorrat von braukesseln; als nun Thor verlangte, dass er den göttern ein gelage geben solle, antwortet er nicht, dass er keinen kessel habe, sondern dass er nicht einen habe, der gross genug ist.*

2 $_8$ opt = *reichlich* (*Richert*).

3 $_1$ ǫnn = *beschäftigung, mühe.* orþbægenn *ist Ægir, indem er das sagt, was den göttern unbehaglich ist, dies wird weiter in der letzten hälfte berichtet.*

5 $_5$ afe *habe ich eingesetzt für das handschriftliche* faþer. *Ich glaube, dass die Hymeskviþa bisher in rücksicht auf die genealogie Týr's nicht richtig verstanden ist. Man hat allgemein angenommen, dass Týr in diesem gedichte ein sohn des Hymer sei, was im widerspruch mit der Snorra Edda steht, nach welcher Týr der sohn Odins ist. Wenn man aber genauer das gedicht untersucht, so steht gewiss* faþer *im v.* 5 $_5$, *aber in* 8 $_5$ *nennt 748 den Hymer den vater der jungen frau, die in 7 als mutter Týrs bezeichnet wird. Das* ‚frí‘ *des Cod. Reg. ist kein*

wort und ist ein offenbarer fehler. Hier scheint das richtige verhältnis durch. Hymer ist der gatte des alten weibes, das amma (*grossmutter*) *in v. 7 genannt ist. Die tochter des Hymers und des alten weibes ist die junge frau, die* algollen *und* brúnhvít (*cfr. die beschreibung der riesin Gerþr Gymestochter*) *genannt wird. Diese junge frau ist nun die mutter Týrs, sein vater aber ist — Odin. Diesem widerspricht weder* 10_3, *denn* sonr *ist* = sonr mínn (*mein sohn*), *noch* 29_2, *denn* friþla *ist hier nur ein geliebtes mädchen* ɔ: *Odins geliebte.*

6_2 framan = *vom anbruch des tages an.*

9_1 váskapaþr *subst.* (*nicht adj.*) = *der* (*anderen*) *unheil bereitet, übelgesinnt.*

17_{1-4} *ironisch zu fassen.*

18_7 valde *ist dat. v.* valdr, *regiert v.* þykkja. Kjóla valdr = *des schiffes herr* ɔ: *Hymer selbst.* Kjóla valde *also* = mér.

23_1 hraungǫlkn = *die ungeheuer der felsen* ɔ: *die riesen und die riesinnen* (*GV. Dict.*).

28_4 brattsteinn = súl(a) *in 11.* gler = *der krystallkelch Hymers.*

31_5 karl *ist nicht Hymer; Hymer gebraucht ältere von einem anderen* (karl) *in ähnlichem falle angeführte worte. — Nach v. 31 fehlt wahrscheinlich eine strophe.*

35_2 standande = *wie er* (*Thor*) *da stand.*

37_5 hraunbúa ɔ: Egill 6_4. — $_8$ bǫrn ɔ: þjalfe *und* Rǫskva *SnE. I, 142—4.*

38_8 eitrormmeiþer = *der töter der giftigen schlange* ɔ: *der winter* (*Bugge*).

Lokasenna.

14_6 lykak *v.* lúka = *bezahlen.*

15_3 bekkskrautoþr *kann nichts anderes bedeuten als: der bank zierde.* (*nicht: der die bank säubert, denn* skrautoþr *ist von* skraut *subst. und nicht von einem verb.* skrauta (*das nicht existiert*) *gebildet.*) *Diese bezeichnung Bragis ist spöttisch genug: „Nicht anders tun können, als auf einer bank sitzen und diese mit seiner person zu schmücken" ist gerade was man erwarten musste im gegensatz zu v. 13. Cfr. Mogk in Paul-Br. Beitr. XII, 388.*

16_2 *dunkel* (*l. c.*).

19_3 Loptke = Loptr-ge = *Loke nicht* (*das weiss*). — $_4$ at leikenn es = *dass ihm arg mitgespielt wird.* — $_6$ fjǫrg = *götter.*

24_3 drepa á = *„sich mit etwas abgeben" Bugge* (*Studien 137*). vétt = *zauberkünste.*

37_2 ballriþe = *ein starker reiter, ein gott;* ballriþar = *die götter, die asen; cfr. SnE. I, 70. Vgl.* tilariþs *auf dem speerblatte von Kovel, Wimmer: Die Runenschrift 62—3.*

38_{4-6} *„Die rechte hand — die andere* (*linke*) *kommt nicht in betracht* (*denn damit kannst du nicht kämpfen*) *— riss dir Fenrer ab"* (*SnE. I, 98. 112*).

39_3 beggja bǫl es þrǿ = *mein und dein unglück ist sehnsucht* (*meine nach der verlorenen hand, deine nach dem verlorenen sohne*) *K. Gísl. Aarb. f. nord. Oldk. 1866, p. 247.* — $_4$ hafa betr = *sich besser befinden.*

41_2 áróse fyrer: *hat dies etwas mit dem flusse* Vǫ́n *zu tun, der aus dem rachen Fenres fliesst?*

48_4 ǫrgo = ǫrþgo *v.* ǫrþigr = *aufrecht stehend* (*Bugge*).

49_4 hjǫrve *dunkel.*

Þrymskviþa.

11$_{5-8}$ *Worte des neckenden Loke, nicht Thors.*

12$_{5}$ stǫkk = *fiel zu boden* (*nicht: zersprang*).

15$_{1}$ und hǫ́nom = *von dem gürtel hinab.* — $_{6}$ steina *brustschmuck von steinchen* (*glasperlen*). *Vgl. SnE. I, 334. Hier muss man sich ein verbum, vielleicht* setjom *oder* festom *denken. Vgl. 19*$_{6}$.

22$_{5}$ nú fœra mér = *nun bringt man mir.*

31$_{1}$ Hlóriþa *ist dativ.*

Alvíssmǫ́l.

1$_{1}$ breiþa, *3. ps. pl. präs. ind.* — $_{4-6}$ *„man wird meinen, dass ich allzusehr die verschwägerung* (*meine ehe,* mæge, *ntr. v.* mágr) *beschleunige. Mag sein, aber ich werde daheim alsbald ausruhen.“*

3$_{4}$ vagna vers (*v.* ver *ntr.*) = *das meer der wagen* ɔ: *die erde, hier: die oberwelt.* — $_{6}$ *Nach dieser zeile ist dem zwerg Allweis früher die tochter Thors* (þrúþr) *versprochen worden, aber wie und von wem wissen wir nicht.*

4$_{4-6}$ *Sollen diese verse vielleicht heissen:*

vasat heima,
þás þér heiteþ vas,
sás einn's gjǫf meþ goþom?

ɔ: *er war nicht zu hause* (*damals, da du das versprechen erhieltst*), *dem die gabe allein unter den göttern ist, der allein von den göttern das recht besitzt, die tochter Thors zu verheiraten.*

5$_{4-6}$ *„Wer von den landstreichern* (*du bist von wenigen gekannt*) *hat dich zur erbschaft geboren?“* Bera baugom = *für ringe* (*d. h. zur erbschaft, die in diesem falle — keine ist*) *gebären* (*Richert*).

6$_{4-5}$ *„Gegen meinen willen sollst du das junge mädchen erhalten,“ d. h. du wirst sie nicht erhalten.*

Baldrs draumar.

2$_{7-8}$ *Der hund ist der hund Hels, Garmr. Vielleicht ist* ór helle *f.* ór heljo (*„aus der berghöhle* ɔ: *wo Garmr gebunden ist*) *das richtige* (*Bugge*).

3$_{4}$ at góla *und das subst.* gól *wird auf Island jetzt gebraucht von hunden, wenn sie heulen* (*nicht: bellen*). *So, glaube ich, ist auch* gala *hier gebraucht, obgleich dies verbum sonst in dieser bedeutung sich nicht nachweisen lässt.*

6$_{5-8}$ *„Wem sind die bänke* (*bei Hel*) *mit ringen geschmückt?* [*so frage ich dich, denn ich weiss, dass*] *die bank* (flet *collect. sing.*) *aufs prächtigste mit gold*[*ringen*] *belegt ist.“ Odin kennt die vorbereitungen bei Hel, aber er will mit bestimmtheit wissen, zu ehren welcher person diese getroffen sind.*

9$_{2}$ hróþrbaþmr = *berühmter baum* ɔ: *derselbe, der in Vsp. 18*$_{6-7}$ vǫllom hære, mær ok mjǫk fagr *genannt wird, nämlich der Mistelteinn. Der verfasser der Vsp. und Baldrsdr. kennt offenbar nicht selbst die unansehnliche mispel. (Cfr. Wimmer Læsebog*[3] *216*[b].)

12_{5-8} *„Welches sind die mädchen, die den geliebten beweinen und gegen den himmel die zipfel werfen.“ Die mädchen sind die wellen, der geliebte ist Baldr und die zipfel sind die segelzipfel Hringhornis.* (*Bugge, Studien 252 f.*)

14_{7-8} ragnarǫk *obj. zu* rjúfendr = *die, welche das leben der götter zerstören* (*Svb. Eg.*).

Rígsþula.

2_6 hǿr af árne = *grauhaarig von arbeit und not,* árn *subst. ntr., cfr.* at árna.

6_9 hǫrundsvartr = *hautschwarz, von dunkelbrauner hautfarbe.*

47_5 þér *ist dat. sing.*

49 *u.* 50 *handeln nach Bugge* (*Arkiv I, 307—9*) *von* Konr ungr *und seiner frau.*

Hyndloljóþ.

1_8 vé *ist ungefähr dasselbe wie Valhǫll.*

$5_{4,5}$ þanneg es = þanneg sem = *gerade als ob.* valsinne = *die menge der gefallenen* ɔ: *die Einherien in Valhǫll. Die Hyndla insinuiert, dass Freyja den jungen Óttarr als ihren buhler bei sich habe. Vielleicht ist etwas ausgefallen, worin Freyja bereits Óttarr genannt hat.*

6_2 *„Du bist wie im traume“* ɔ: *ich glaube, dass du träumst. Wenn Freyja* ver mínn *sagt, meint sie* Óþr.

9—11, (B. 46—49_{1-4}) *passen gar nicht dahin, wo sie in der hds. stehen; darum habe ich sie hierher gesetzt, wo sie wenigstens viel besseren sinn geben.*

11 *Freyja droht Hyndla, sie in ihrer höhle verbrennen zu wollen. Hyndla sieht im geiste die drohenden flammen und giebt nach mit dem worte: „Die meisten würden doch das leben retten.“*

28_2 hóts baztr = *der allerbeste.* (*Vrgl.* alls mestr.)

Vǫlospǫ́ en skamma.

2_9 skautgjarn; *bezeichnet dies epiteton, dass Þjaze ein segler oder ruderer war* (*v.* skaut *oder* skaute)?, *cfr. SnE I, 212.*

9_4 sonar dreyre = *das blut des sohnes, die stelle dunkel.* sónar *ist metrisch unrichtig. Cfr. Sievers Beitr. VI, 315.*

11_1 ulf *d. h. den Fenrer.*

12_{2-4} fann hugstein kono, halfsviþenn brendo linde = *er hatte das herz eines weibes gefunden, das durch brennendes lindenholz halb verkohlt war.* linde *ist ntr., cfr.* grene, bœke, fýre, eike *u. dgl.*

14_7 sif sifjaþr = *durch verwandtschaft verbunden mit.* — sif *dat.* (*Svb. Eg.*).

Vǫlundarkviþa.

2 $_3$ mær fira *eine umschreibung der frau* (*= die tochter der menschen*).

5 $_2$ veþreygr = *einer, der vermag, das wetter vorauszusagen.* (*Ben. Gröndal, Ann. f. nord. Oldk. 1863, s. 173.*)

6 $_8$ gimr = *feuer.* fastan, *adverbieller acc.* = *mit kraft.*

7 $_7$ lind = bast *9 $_5$*, = *bastseil.*

11 $_{1-4}$ *„Er machte sich alsbald im hause daran, das bärinfleisch zu braten. Sofort loderte das feuer auf* (ár brann fúrr) *infolge des sehr trockenen reisigs."*

13 $_3$ bestesíma = *bastseil.*

14 $_{1-4}$ *dunkel.*

19 $_5$ meina *v.* mein = illúþ *z. 3: „schlimme gefährliche sachen."*

22 $_8$ fen fjǫtors *dunkel.*

23 $_1$ augom ɔ: gørþe, *machte er, cfr.* sló *v. 7.*

26 $_8$ íviþgjarn = *boshaft* (*Grimm*); hefk hefnt íviþgjǫrnom = *ich habe mich an den boshaften leuten gerächt. Der gen.* íviþgjarnra *kann unmöglich den richtigen sinn geben. Vǫlundr und überhaupt niemand konnte seine* harmar *so nennen. Das adj. passt nur zu personen.*

35 $_4$ níta = *strafen, rächen* (?); *cfr. got.* ganaitjan, *Bugge will darum* neita *lesen.* — $_9$ skolla = *sich in der ferne halten. K. Gislason Skjald. beskaff. s. 5.*

37 $_7$ gange (ganga *wäre unverständlich*) = *dass sie gehen soll. Ein infin. unmittelbar vor dem nom.* (-vareþ) *ist unmöglich.*

39 $_5$ ǫgorstund = *elendsstunde; von* ǫgorr (*cfr. Hárb.* 13 $_3$) = *etwas drückendes, mühevolles* (*Richert*).

Gróttasǫngr.

2 $_3$ = 10 $_2$ gréa *dunkel.* = *alts. mhd.* grîs *Bugge.*

3 $_{1-4}$ *dunkel.* — $_6$ léttom steinom = *heben wir die mühlsteine* (*s. Bugge Tillæg 442*).

4 $_2$ snúþgasteinn = *ein drehstein, ein stein, welcher gedreht wird.*

5 $_1$ Fróþa *ist dat.* — $_4$ fegenslúþre = *der erfreuliche mühlsteinkasten.*

6 $_{5,7}$ því . . . þótt = *deshalb, weil er.*

7 $_8$ ljóþ = *strophe.*

10 $_1$ Kœmea = *wäre nicht gekommen.* — $_5$ mœle *v.* mala. — $_{7-8}$ *„wenn wir nichts davon gewusst hätten"* ɔ: *wenn wir sie nicht schon früher gekannt hätten.*

12 $_7$ hǫfgahallr = *der schwere stein.*

15 $_3$ kǫppom *v.* kapp = *eifer, streitlust.* — $_{5,7}$ skorþom blóþ = *wir liessen das blut fliessen* (skorþom *v.* skora = *einen einschnitt machen*).

16 $_7$ dolgs sjǫtol = *der feindschaft beileger, die frieden mahlenden mühlsteine.*

17 $_4$ mitt of létte = *meine arbeit höre* (*jetzt*) *auf, K. Gisl.*

18 $_{1-2}$ *kaum verständlich.*

19 $_3$ vígspjǫll = *kunde vom kampfe.*

20 $_4$ regengrjóte = *die grossen steine* (*näml. der Grótte*). — $_7$ *dunkel.*

Grógaldr.

1_3 dauþra dura = *in der toten tür, im eingange zu den toten* (*Bugge*). — $_6$ kumbldys = *grabhügel.*

2_6 ljóþheimar = *die menschenwelt.*

3_1 leikborþ = *spieltisch. „Ein schlimmer spieltisch wurde mir von dem falschen weibe vorgesetzt", d. h. „eine schwierige und gefährliche aufgabe gab sie mir".* — $_5$ es kvæmtke veit *wohin man wusste, dass niemand kommen kann.* — $_6$ menglaþer *hier appell. — die mädchen.*

4_6 skeikar skuld at skǫpum = *Skuld* (*die schicksalsgöttin*) *lässt es ergehen nach dem, was bestimmt ist.*

$5_{4,5}$ at verþa allr = *das leben verlieren.*

6_4 at skjóta of ǫxl = *etwas über die schulter werfen, sich um etwas nicht kümmern.*

7_4 urþar lokor = *die riegel der Urd* (?) (*der vorzeit*) = *der vorzeit beschirmende macht, oder sind es magische kräfte?*

8_3 fjǫrlot = *tod, „so dass der tod dir sicher ist."*

9_3 galgvegr = *weg am galgen,* ɔ: *die stätte des galgen;* gǫrver *gehört zu* fjándr = *vollständig, vollkommen.*

11_5 í lúþr *ist noch nicht genügend erklärt.*

12_4 hræva kulþe = *tötende kälte* (?).

13_3 niflvegr = *dunkler weg, ein weg, der infolge der dunklen nacht selbst dunkel wird.* — $_6$ kristen *ist einfach: christlich; eine änderung ist nicht notwendig.*

14_3 jǫtonn *welcher? Gemeint ist vielleicht Heimdallr; jfr.* naddgǫfogr *in Vǫl. en sk.* 7_6. *Ist dieser derselbe wie* Fjǫlsviþr (*cfr.* visse hann vel fram *Þrym* 14_3) *in Fjǫlsvinnsmǫ́l, der wächter der götter? Dann wäre* jǫtonn *unrichtig.*

15_4 jarþfǫstom = *in der erde fest, unbeweglich stehend. „Wie der stein, auf dem ich sprechend gestanden habe, unbeweglich ist, ebenso seien meine worte dir fest und gut."*

Fjolsvinnsmǫ́l.

1_2 sá *subj. ist Vindkaldr.* upp of koma = *nach und nach sich zeigen, deutlicher werden.* — $_3$ sjǫt = *sitz, heimat.*

4_6 vargr = *als wolf* ɔ: *als ein geächteter.*

5_2 fáa = *erhalten, inf.*

10_4 fjǫtorr = *wie eine fessel.*

14_4 varþer (*v.* vǫrþ) = *frauen. Es sind elf; vgl. v. 38, wo aber ein name fehlt.*

16_1 Missvefne = *ungleicher schlaf* ɔ: *schlaf zu verschiedenen zeiten.*

18_1 veng- *unverständlich.*

19_4 barmr = baþmr = *baum.* — $_5$ es = *dessen.*

21_4 móþ = *frucht (?)* = alden 22_1.

22 *grösstenteils dunkel.*

24_2 veþrglaser *unerklärt; appos. zu* hann? — $_{4-6}$ Surtr þryngr Sinmǫro oinom ekka ørófsaman = *Surtr quält die Sinmara mit ein und demselben schmerze unaufhörlich, — aber der sinn?*

26_2 gera rúnom = *mit runen versehen.* — $_4$ segjárn = *eine besondere art eisen; kaum v.* seigr *adj.*

= *seicht.* — $_6$ njarþláss = *ein starkes, nicht zu öffnendes schloss.*

28 $_6$ eir aurglases (?) = en fǫlva gýgr 29 $_6$.

30 $_2$ í lúþr bera = *in einen kasten legen.*

32 $_3$ bjargs oddr = *des berges gipfel.* bifask, *weil die waberlohe ringsum sich bewegt (?).*

38 *Hier werden neun mädchen genannt, aber ein name fehlt in z. 5 und die elfte* (*vgl.* 14) *ist Menglǫþ selbst.*

45 $_1$ Horskei *darf nicht verändert werden. Die raben sind kluge vögel; ich erinnere nur an die raben Odins.*

47 $_{4, 5}$ Urþar orþe kveþr = *Dem worte Urds, d. h. den bestimmungen der norne tritt* (*niemand*) *entgegen.*

Namenverzeichnis.

D.

E.

H.

I.

J.

K.

L.

Y.

Þ.

Æ.

Ǫ.

Inhaltsübersicht.

Halle a. S., Buchdruckerei des Waisenhauses.

Lightning Source UK Ltd.
Milton Keynes UK
UKOW022311060113

204497UK00006B/85/P

9 781144 372673